El viaje del Loco

Alejandra Inclán

El viaje del Loco

 Facebook: Alejandra Inclán

 Twitter: @VeroAleIC

 Tik Tok: @alejandrainclanc

 Blog: https://alejandrainclan.wordpress.com/

 Spotify: Decidora de poemas y otros textos

Impreso por Amazon EEUU

La palabra "chaneque" es una expresión náhuatl que significa
«los seres que habitan en los lugares peligrosos».
Y no hay lugar más peligroso que El Encanto

Me encanta oír leyendas sobre el otro lado
y pensar que está ahí nomás...

...También lo imagino cuando llego al borde del pueblo,
donde está el bosque al que no me permiten ir
porque dicen que me voy a perder.

La costura, Isol

Hijos de la Tierra

—*Yo a veces tampoco me acuerdo… ¿Hace cuánto tiempo te trajeron a jugar con los demás?*

—*Tampoco me acuerdo de eso.*

—*Y…*

—*Sabes, ya cállate, haces muchas preguntas, eres muy rara, aún pareces humana, quizás porque tiene poco que te convertimos, pero si en otros cien años sigues así, te llevaré a perder.*

Hijos de la Tierra

Nací hace poco. Así como mis hermanos emergí de la Tierra. Del lodo, del barro, de la hierba, del canto de los pájaros. No tengo memoria de esos días. Me lo contaron.

¡Ah, mis hermanos! Son muy traviesos. A veces me dan miedo, aunque no me hagan daño. Es como si tuviera un mal recuerdo, como si en el pasado me hubieran lastimado. Pero no debo temerles, sino a los gigantes, los que viven más allá del río. Nunca he visto uno. Mis hermanos dicen que son capaces de tirarnos fuego, destruir nuestra casa y ahuyentarnos con brujería para adueñarse de las tierras. Son terribles, son malos…

Yo soñaría feo si tuviera sueños. En las noches no duermo, miro las estrellas y espero, así como mis hermanos esperan. No sé qué, nomás sé que desean su regreso, para que nos lleven a casa, la verdadera casa, donde los primeros como yo nacieron. Todo eso es historia antigua que no me van a contar hasta que pase lo que tiene que pasar, hasta que yo me haga una de ellos por completo. No sé cómo va a suceder. Tengo que descubrirlo solita.

Los días pasan sin que uno lo sienta. Juego con los conejos, con los armadillos, con las aves, con los árboles. Platico con el río y observo lo que hay más allá de sus orillas. Un día, curiosa, le pregunté por ellos:

«Nunca vayas a los pueblos, si los gigantes te ven los guiarás aquí y dejarán su inmundicia en mis aguas. Yo soy muy largo. Tu vista alcanza horizontes, pero yo estoy en ellos, y allá, cerca de donde termino, hay una aldea, en la que tienen barcos que entran a mis aguas o a las del mar, se roban nuestros peces, toman más de lo que la naturaleza les ofrece y nos envenenan cada que pueden. Por eso, cuando la hermana tormenta se presenta, nos ayuda a hundirlos. Algunos los salvamos, pues son buenos y merecen vivir, a otros los castigamos. Y casi sin querer, muchos inocentes también mueren».

Me dio pena la historia. Me dijo que no sintiera eso, que los hijos de la Tierra no deberían apenarse por ellos, sino estar atentos para ahuyentarlos. Le pregunté que cómo alguien tan pequeña podía hacerlos huir, y qué me explicara eso de que "mueren". El río guardó silencio y sus aguas siguieron su murmullo. Cuando hacía eso, sabía que nada de lo que dijera lo haría hablar. Así que corrí para ver a mis hermanos, que luego andaban desaparecidos. No perdidos, ellos son muy misteriosos y buscan caminos prohibidos para mí, debido a que soy la más pequeña. ¿Cómo saber lo que hacen? Se ríen y me afirman que algún día me divertiré con las travesuras, las cuales también ayudan a que no nos invadan. Pensativa los veo. Se burlan, no por malos, sino porque están ansiosos, quieren que pronto vaya con ellos. Se desbordan de alegría ante mi insistencia, pues aseguran que eso a cada momento me acerca.

Un día me llegó el amanecer con una duda. Antes de que mis hermanos desaparecieran les pregunté qué significaba "mamá". Casi temblaron. Uno se enojó tanto que me gritó:

«Eso no existe entre nosotros, son cosas groseras de los gigantes, las cuales hacen aparecer más de ellos. Ojalá desaparecieran, cada vez son más y no los podemos controlar. Los odio por olvidarnos y ya no creer, por no obedecer la orden de "Ellos" y cuidar de la Tierra y de nosotros».

Todos miraron a mi hermano. Habló de más. Dijo demasiado para una recién nacida.

«¿Qué edad tengo yo?», me pregunté.

Se retiraron y me quedé pensativa.

Pasé unos cuantos días observando al sol caer allá por donde hace curva el río. Los gigantes nos dejaron de lado. No creen en nosotros y desobedecieron a los que esperamos que bajen de las estrellas.

«¿Qué puedo hacer? Yo tan chiquita…» Me dije y me puse de pie al sentir varias presencias.

Mis hermanos olvidaron lo que me dijeron y aparecieron jugando ante mis ojos distraídos. Yo no intenté unirme a ellos. Me puse triste. Quería hacer algo. Así que un día, al ver que estaban lejos, corrí hasta el río. Él me saludó y no le hice caso. Crucé de prisa por sus aguas. «No, espera, espera, ha pasado tiempo, ellos ya no están tan lejos, se acercan, te encontrarás con alguno». «Eso es lo que quiero. Verlos y quizás convertir a uno de ellos en mi amigo. Hacerle recordar lo que olvidó su raza», le respondí al río.

No sé cuánto tiempo pasó. Un pueblo estaba cerca. Presencié el terror. Muchos de ellos se movían extraño. Bobos, lentos, amorfos, con cosas raras cubriéndolos. Eran peor de lo que me imaginé.

Me paralicé. Quise correr de regreso, volver a la seguridad de mi hogar en compañía de mis hermanos.

De pronto alguien me tocó y creí que un pie de gigante me cubriría acabando con mi vida. Mis hermanos me contaron que a veces tenían amuletos extraños con encantamientos para poder dañarnos.

Volteé muy despacio. Me llevé las manos a la cara. Debía ser una cría de gigante, pues era de mi tamaño. «Oye niña, porque andas encuerada», me dijo ese ser grotesco, el cual me hizo sentir algo extraño en mi cuerpo. Instintivamente le tapé los ojos. No supe bien qué hice. Al quitar mi mano, ella volvió a verme y me preguntó: «¿Cómo hiciste eso?» Tenía puesto un material similar al de ella, nomás que el mío era blanco y el suyo de colores.

Sentí que lo que hacía era algo muy natural. Mi impresión inicial se me fue y al verla tan chiquita como yo, me atreví a tomar su mano y decirle: «Acompáñame, vamos a jugar». Ella puso muy flojito su cuerpo y se le fue la conciencia. Apenas y me pudo decir «Sí». Era como si su voluntad me la hubiera comido. No me importó y caminé jalándola. A lo lejos alguien gritaba el nombre con el que conocen a mis hermanos. Volteé. Era un gigante, el cual se espantó al verme, se fue de espaldas y tiró su sombrero.

Traté de correr rápido, pero ella era muy lenta. Tarada. Pesada. Me costaba tirar de su brazo y más me costó hacerla cruzar el río. Se hundía. No era tan ligera como yo. No podía pisar el agua y pasar apenas salpicando. No, ella era una masa con huesos, sangre y carne. Una cosa grosera, tal y como dijo mi hermano de los gigantes a los que llaman "mamá". Sin la ayuda del río se me hubiera ido. No tenía problema con recogerla allá donde se la llevara la corriente, pero mi amigo me explicó angustiado que los gigantes son muy frágiles y que a ellos les pasa algo que se llama "muerte", que si no tenía cuidado se me iba a ir su ánima, que eso era lo que necesitaban mis hermanos de ella.

«Ánima. Mis hermanos la necesitan». No lo entendí al momento. Lo primero que pensé es que ellos también tenían planeado, como yo, recuperar la amistad con los gigantes. Me equivoqué. Con el rito recordé de dónde venía…

Mis hermanos me vieron a lo lejos. Se acercaron a nosotras. Me extrañó que aparecieran tantos. Por lo regular no nos agrupamos todos a menos que la Tierra necesite de nosotros.

«Hermanos, les traje esta cría de gigante, quiero que sea nuestra amiga, para que ellos puedan recordarnos y vuelvan a cuidar de la Tierra y de nosotros». Todos se empezaron a reír. No había burla en su risa. Era alegría. Me puse muy contenta. Yo uniría mi pueblo con el de los gigantes.

«Hermana, lo lograste, por fin trajiste a una, tu primera niña perdida, la primera que será convertida gracias a ti, así como yo te transformé hace tiempo». No entendí lo que mi hermano trataba de decir.

Todos empezaron a danzar a nuestro alrededor. Cantaron y con la canción de la Tierra nos llevaron al río. Ahí me hicieron que metiera a la cría, sacarla y cubrirla con la arenilla de la orilla. Corrimos para buscar barro. Lo encontramos lejos de nuestro territorio, allá donde habitan otros hermanos, cerca de un pantano. Se nos unieron en la alegría y corrimos a buscar un lugar de arbustos. Cubrí a la cría con hierbas, con hojas, con ramitas secas. De ahí fuimos al círculo de piedras donde no me permitían entrar. Ese día me dejaron. Ahí emanaba El Encanto, un sitio intermedio, muy parecido a la Tierra, donde no existía el tiempo y nos conectábamos entre nosotros. «Aquí es lo más similar a nuestro hogar allá en los cielos. Por aquí se fueron… cerraron las puertas y nos quedamos para cuidar de este mundo. Prometieron volver por nosotros. Algún día veremos la señal en las estrellas», me dijeron.

Habían pasado tres lunas desde que me llevé a la niña. La cuarta estaba por llegar. Un hermano me dijo: «Cántale la canción, cántale con los pájaros que ya empiezan a trinar. La cuarta luna seguirá viva en el día y ella nacerá». Canté sin saberme la canción, o creí no saberla. Sentí que me dormía.

«¿Dormir?»

«¿Qué es dormir para mí?»

Esa palabra era de gigantes.

«¿Cómo supe yo eso?»

Iba a dejar de cantar ante mi confusión, cuando el lodo, el barro y lo verde pegado al cuerpo de la cría de gigantes se empezó a caer. Ya no era una niña. No volvería a ser de la raza gigante. No crecería. Sería como yo. Como los demás: un chaneque[1].

Recordé todo. El rostro de mi madre. El de mi padre. Un caballo desbocado. Mi padre desnucado. Mi madre que nunca vio nuestro regreso. Yo tirada en la hierba, levantada por un niño muy raro. Cruzando un río que creí oír hablar… Un ritual. El Encanto…

Ya no era una gigante. No crecería.

«Mamá, ¿si me vieras ahora me reconocerías?» Pensé. Uno de mis hermanos se me acercó y mientras todos celebraban y nuestra nueva hermana despertaba, me dijo muy quedito al oído: «Hermana, han pasado más de cien años, ella ya no está viva, los gigantes son frágiles y mueren pronto. Lo siento mucho. Si te consuela, los espíritus de ellos a veces se arrepienten de dañar a la Tierra y con los años vuelven a nacer, pero no te recordará. Mejor ven y celebremos. Bailemos, quizás hoy sí nos escuchen en las estrellas los Olmecas, regresen y nos lleven con ellos».

Lloré sin lágrimas. No recordaba cómo eran. Corrí al río y eché agua en mis ojos, para simular el mar que no salía de mí. «Los chaneques son malos, se roban a los niños, recuerdo que me contó mi papá», le dije al río. Él me respondió: «No es malo el que cuida de mí, de los campos, de los animalitos, de la vida. Los gigantes no son malos, crecen y el mal los toca, los corrompe. Para mí, a esa pequeña la salvaste de vivir las tentaciones que la pudieron llevar a la perdición, y peor, a la destrucción de la madre Tierra, de la que nos queda tan poco». Le di un beso a las aguas de mí amigo. Creí comprender...

Corrí y me uní a la danza con los demás, con ansias de que mi hermana pronto estuviera fuerte para salvar a algún pequeño gigante y se convirtiera en uno de nosotros. Quizás en poco tiempo, en unos cien años.

15

En el pueblo no fue necesario pegar carteles para preguntar por Marcelina. Ella se perdió y todos conocían su rostro. Tampoco nadie propuso ir a ver a la policía rural. El campesino que la vio a lo lejos en la orilla del río, observó que iba de la mano de la que parecía otra niña. Y esa niña se sabía observada. Porque volteó y le mostró su verdadero rostro. «El chaneque, el chaneque. Se la llevó el chaneque», gritaba el pobre Gelasio desde entonces. Así por años. Hasta que un día, en el río, Marcelina se le apareció y le dijo: «Eres como un niño y te puedo llevar, ahora tú eres el perdido, ya no te puedo convertir en chaneque, pero te convertiré en nahual²...»

Las cuatro tierras

1

El primer indicio que tuve fue el no ver a mi tío a la hora de la comida. Mi tía ponía sus codos en la mesa y sostenía su cabeza con las manos para pensar, con un semblante triste y preguntándose por qué mi tío ya casi no se aparecía por ahí. A veces se le veía de repente jugando con el niño o con las chamacas, llamándoles la atención por alguna burrada. En el taller se aparecía más seguido. Unas veces en "La casa de la milpa". O en "La casa del ganado", donde yo trabajaba. Era extraño. Ni yo sabía. Pero sospechaba. Y mi tía sabía que algo yo sabía y no lo quería decir. Hasta el día que no pudo más y me mandó por mi tío. Fui por la respuesta, sin la menor idea de que iba a haber otras para mí. Lo evidente estuvo siempre ante mis ojos.

2

Tenía 18 años cuando me fui a vivir con mis tíos y sus hijos: Magda, Ale y el pequeño Teodoro. Mis papás fueron quienes me mandaron con él. No es que yo fuera un problema, sólo que no encontraba trabajo y mi tío siempre fue bueno pa los negocios y hacerlos prosperar.

Compró cuatro propiedades grandes en el pueblo del Mesón, dos de ellas pegadas a la orilla del camino cañero. Las otras dos se extendían hacia atrás. Casi casi le regalaron esas tierras, pues nadie las quería, le huían a ese lugar. «Supersticiones», decía mi tío.

Cada propiedad tenía su casa grande. Las dos de enfrente no contaban con extensos terrenos como las de atrás, pero lo suficientemente amplias para mi tío. En una puso un taller mecánico y vulcanizadora. En la que estaba detrás del taller, sembró maíz. Al lado de la milpa puso ganado y en la otra, la casa donde vivía con mi tía y primos. No por ello dejó de aprovechar ese terreno, ahí instaló una granja de pollos bien gordos y cerdos. Mi tía, con ayuda de las chamacas, se encargaban de ellos. Por donde se le viera, mi tío hacía negocios.

Era un poco rara la ubicación de las cuatro casas. Todas se encontraban en un promontorio bastante alto. Aunque lejanas, se podían ver las unas a las otras sin problemas. Estaban paralelas, bien parejitas. Me dijo mi tío que cuando las compró eran ruinas. Las mejoró todo lo que pudo. Sólo a la suya le puso colado, a las demás láminas de zinc. Las cercas viejas y destrozadas las rehízo con el mismo trazado que tenían. Le sugirieron quitarlas, pues todo era suyo, pero él era inteligente y sabía que así estaría mejor distribuido para su administración.

Luego de enseñarme las tierras de atrás, me llevó al terreno del taller. Siempre tenían trabajo, me dijo, y quería que yo "chambiara" ahí.

—No, tío, estas cosas no me gustan. Estudié secundaria y sé algo, sin embargo a mí me encanta el campo. Prefiero estar allá con el ganado —le dije.

—¿Seguro, mijo? Mira que toda la familia siempre ha trabajado en el campo, ya es hora de hacer otras cosas. Yo todavía chambeo la tierra, aun con ello puse este taller. Estos cabrones se llevan un porcentaje por servicio, a ti te voy a dar un poco más —me dijo señalando a sus trabajadores.

—No, tío. Lo moderno no me gusta mucho. Prefiero estar arriba de un caballo, arriar las vacas y la ordeña muy de madrugada.

Mi tío se quedó pensativo. Salió al patio y lo seguí. Dirigió su mirada a "La casa del ganado", como le decía él. Luego miró pa enfrente y me dijo:

—No prefieres irte allá con don Chema a "La casa de la milpa".

—No, tío, sembrar sí me es molesto. A mí me gustan las vacas.

—Bueno…

Mi tío se quedó pensativo, como queriéndome decir algo. Bajó su cabeza, se ajustó su sombrero y me miró.

—Está bueno. Ahí trabajarás. De hecho, necesito a alguien ahí. Nadie me ha aguantado más de dos semanas, casi siempre me tengo que chutar todo yo. Espero que tú sí me dures ahí, si no acá te espera el taller o la milpa. ¿Alguna pregunta?

—No, tío —le dije sin querer averiguar lo que de seguro me ocultaba.

Entonces me dijo que fuéramos a la casa y ahí me daría las instrucciones.

Después de comer fuimos a "La casa del ganado". Me la mostró. Sólo había un catre con unas colchas sucias, un butaque, "riatas", un par de banquillos lecheros y correas para sujetar a las vacas durante la ordeña. Todo eso era normal. Lo único con lo que no pude evitar sorprenderme fue una silla de madera puesta en donde hubo una cocina —supe lo que fue por la barra y el trastero de concreto—. En la silla había un oso hecho de trapo y enfrente una radio vieja, de esas donde mi mamá escuchaba su radio novela mientras hacía el que hacer.

—¿Y eso tío?

—Eso fue lo único que me pidieron los dueños anteriores que no se moviera, por consideración a quienes les pertenecieron. Son sus creencias. Yo las respeto, aunque esto ya sea mío, eso se queda así. Espero que no se te ocurra mover ninguna de estas cosas. Quiero que me dures bastante tiempo. Así que no vayas a tener miedo cuando estés aquí de madrugada. Porque de noche te irás a dormir allá a la casa. En la sala te abrimos un catre.

—¿Y por qué debería tener miedo, tío?

—Nomás digo. No hagas caso. Vamos a arriar al ganado y vámonos con tu tía.

Y así dio comienzo mi vida con mis tíos.

3

A mis primas poco les hablaba. Eran mujeres y no fuera que algo se mal interpretara. Mi tío era muy celoso y no dejaba que ni se acercaran al taller con la bola de "jariosos" que había ahí.

En mis ratos libres disfrutaba jugar con Teodoro. Apenas contaba con cinco años y ya era un maldoso. A mi tía la ayudaba en lo que podía en la granja. El trabajo de todo el día era pesado, pero yo era fuerte.

Fue en una madrugada, durante la ordeña, que comprendí los silencios y algunas palabras de mi tío. Aún estaba oscuro y me metí a "La casa del ganado" a echarme unos tacos que me puso mi tía en una cesta. Prendí la luz y me senté en el butaque y pude verla. Una niña estaba sentada en la silla jugando con el osito. No me dio miedo. Desde niño había visto cosas extrañas y me curaron de espanto. Sabía que ella no estaba viva. No pude evitar el acercarme. Apenas a un metro ella volteó y me sonrió. Se veía rebonita. Aunque su sonrisa me asustó un poco, lo que en verdad me hizo saltar fue su voz:

—Oye, ¡qué bonita la canción del grillito! —me dijo y en la radio empezó a sonar una melodía muy distorsionada.

Me recuperé de la impresión y le contesté:

—¡Pero ni se entiende lo que cantan!

—¡Ustedes los grandes no saben oír lo bonito! —dijo molesta.

—Disculpa, disculpa.

Puso cara de enojada y abrazó a su oso. Parecía que iba a llorar. No la quería hacer enojar, así que le dije:

—Yo voy a ordeñar las vacas, por qué no sales un rato a ver cómo se hace.

—Mi abuelita no me deja, me dice que una niña no tiene nada que hacer con las vacas.

—Pero ahorita no está tu abuelita, nadie te va a regañar.

La niña sonrió y me dijo gritando:

—¡Vamos!

Le tomé su fría mano y la conduje afuera. Me puse a ordeñar mientras ella me miraba.

—Qué bonitas son las vacas —me dijo suspirando.

—Sí, lo sé, a mí me encanta estar con ellas —le confié a la pequeña aparecida.

—¿Quieres ser mi amigo? —me preguntó.

—Claro —le respondí.

Y con mi respuesta el alba terminó de asomarse y la imagen de la niña se desvaneció. Me quedé solo y continué mi trabajo.

Acabé y guardé mis cosas. La silla con el oso y la radio seguían en su lugar. Me dirigí a la puerta, la cual se abrió con alguien en el umbral. Ni con la niña me asusté tanto.

—No vuelva a hacer eso —me dijo una voz que me sonó familiar. No podía distinguir su rostro por la luz que le daba a sus espaldas.

—¿Hacer qué? —pregunté con la voz casi apagada.

—Sacar a la niña de aquí —contestó la silueta del viejo al que no podía distinguirle la cara.

—¿Cómo lo supo?, ¿quién es usted? —respondí más recuperado de la impresión.

—Soy don Chema, el de "La casa de la milpa".

Comprendí por qué me asusté tanto. No era un muerto, sino un vivo. Los vivos me dan más miedo que los muertos.

—Supe lo que hizo porque la vieja fue a reclamarme que no encontraba a su nieta. Y con esa muerta no se juega, es de cuidado.

—¿Y por qué le reclamó a usted y no a mí? —casi le grité, sólo que no de enojo, sino porque sentí que aún me podía temblar la voz.

—Porque yo una vez cometí la misma pendejada que usted y ella cree que de nuevo fui yo. Los muertos que habitan estas cuatro tierras están entorpecidos —me explicó lo que mi tío no me quiso contar—. Su tío trajo al cura a bendecir y muchos quedaron retenidos, otros siguieron vagando porque son espíritus buenos, como el de la niña. Pero si los molesta pueden tomar fuerza y volver a aparecerse. Y usted molestó a la vieja al sacar a la niña.

—Yo qué iba a saber —le respondí pa evadir la culpa.

—Por eso vine, pa que lo sepa —me dijo con un tono que me acusaba de inocente o de pendejo—. Yo trabajé antes aquí. De las cuatro tierras esta es la más maldita. Tenga cuidado. Yo también los veo. Es mejor ignorarlos y dejarlos que hagan lo que les dé la gana, mientras no se metan con nosotros.

—Bueno… Le agradezco —le dije sin querer seguir la plática.

—No agradezca, no lo hago como favor a usted, sino por mi seguridad.

Con esas palabras finalizó y se fue. Antes de irme volteé hacia la silla y la radio. De pie, la vieja me veía de manera recriminatoria, como con odio. Salí y tomé mi caballo. A todo galope me dirigí a la primera tierra.

4

Los siguientes días no vi a la niña. A la vieja sí. No me decía nada. Me vigilaba para que no me acercara a la cocina. No le tenía miedo, sin embargo, guardaba mis precauciones. Al fin y al cabo, don Chema era grande y debía saber más que yo.

Un día se me reveló el misterio. Llegué con mucho sigilo porque oí voces. Desde la entrada vi todo.

—Sigue escuchando al grillito cantor, mija. Ahorita te tengo tus tortillas con manteca —le dijo la vieja.

—Sí, abuelita, están bonitas las canciones, más la de la hormiguita —le contestó la niña, mientras la radio sonaba distorsionada.

—Voy a ver si ya hay leche fresca para que bebas.

—Sí, abuelita.

La vieja salió y por minutos el silencio sólo era perturbado por el ruidero de la radio. De pronto un tipo apareció de la nada.

—Güerita, ¿quieres ir a ver la ordeña? —le dijo.

—Mi abuelita no me deja.

—Pero ahorita no está tu abuelita, anda, vamos. Yo seré tu amigo.

—Bueno, ¡vamos! —la escena se parecía a como sucedió conmigo.

Desaparecieron de la casa.

Sabía que en la parte de la ordeña presenciaría lo demás, tenía que ir y verlo todo. Y lo vi. La vieja estaba amarrada y amordazada. El tipo se llevó a la niña lejos. Vi sus sombras alejarse. La vieja tomó un machete que había cerca y cortó las pitas en sus manos. En su desesperación, el tipo olvidó la cuerda y creyó que con la pita que tenía a la mano sería suficiente. La vieja se soltó, tomó el machete y fue a buscar a su nieta. Cuando los encontró el tipo le quitaba las ropas a la niña, mientras le decía:

—Jugaremos a lo que hacen el papá y la mamá

La niña sonreía, creía que todo era un juego. La vieja llegó y le hundió el machete en la cabeza. El tipo cayó y ella siguió dándole machetazos destazando su cuerpo. Al ver aquello la niña se metió entre ellos:

—¡No abuelita, es mi amigo! —gritó.

El impulso que llevaba el brazo de la abuela no la dejó detenerse y mató en el acto a su nieta. Escuché un alarido de dolor y todo lo que vi desapareció.

Regresé para hacer mi ordeña. En el árbol cerca de la casa vi a una mujer ahorcada. Era la vieja. Luego de matar a su nieta, se colgó. Entendí por qué la seguía cuidando tanto. Tuve mucha suerte en no ser asesinado por ella. Después de lo vivido, aunque mis intenciones no eran malas, ella no podía confiar en mí o en cualquiera que hiciera la ordeña.

5

Mi tío estaba sorprendido. Tres meses pasaron y yo continuaba en "La casa del ganado", no me había ido como los otros. Me preguntó que cómo le hacía para aguantar tanto. Le dije:

—No le temo a los muertos.

Mi tío se rio y me dijo:

—Recordaré eso hijo, recordaré eso…

6

Un día fui a echarme una cerveza al pueblo. Mi tío me dio permiso, me dijo que era justo que me tomara un día, que él se encargaba ese viernes del ganado.

Como no conocía a nadie me metí a la cantina más decente que vi. No me gustan los lugares de mala muerte y quería estar tranquilo. Me senté en la barra. Pedí una cerveza. Antes de que me la trajeran un tipo en una de las mesas me habló:

—Ey, tú. Tú no eres de El Mesón, ¿verdad?

—No, la verdad no —le contesté.

—Te me haces conocido.

—Soy sobrino de don Güicho.

—¡Ah, con razón! Una vez te vi en su taller. Hombre, vente a tomarte tu cerveza acá. Yo no soy agresivo, soy buen amigo.

—Gracias —le dije y me fui a sentar con él. Era agradable tener compañía.

—¿En qué trabajas ahí? Ya no te he visto en el taller.

—No, ahí nunca trabajé. A veces me paro ahí pa buscar a mi tío y darle algún recado. Yo estoy con el ganado.

—No me chingues —abrió su boca y dejó caer el cigarro que tenía en ella.

—¿Por qué dice eso? —le cuestioné extrañado.

—Porque de las cuatro tierras esa es la más maldita —me dijo, en sus ojos pude ver mucho miedo.

—Sí, eso me dicen —le respondí con tranquilidad.

—¿No has visto nada ahí? —me dijo sin quitar su cara de espanto.

—Sí. A la vieja y a su nieta.

—¿Y no te da miedo? —preguntó sin interesarse en quienes eran los espíritus que vi. La historia, como supuse, era conocida en el pueblo.

—No. No le tengo tanto miedo a los muertos como a los vivos —contesté dando un sorbo a mi bebida.

—Pues Dios te proteja, muchacho. Mejor te dejo, está cabrón convivir con alguien que ha aguantado tanto ahí.

El tipo se levantó, se persignó, dio la vuelta y ya se iba, pero se detuvo en seco y regresó.

—Conozco a tu tío, y de seguro no te ha contado más, así que te daré una advertencia, algo que no te dirá, porque él no cree. Si sientes que la muerte te sorprende, huye de esas cuatro tierras, saca fuerzas de donde puedas, muere en medio del camino, eso es mejor que morir dentro o en las orillas de ahí —me dijo sin volver a sentarse.

—¿Por qué dice eso?

—Porque el que muere ahí, ahí se queda, nunca encuentra descanso. Ya va pa dos años que tu tío adquirió ahí y mandó a bendecir; a pesar de eso, las ánimas más fuertes se volverán a liberar y van a matar a alguien. Fueron tierras Olmecas, un cementerio. Luego habitaron brujos malos, que atrapaban las almas de los pobres que sacrificaban y se los comían. Nadie, ni la iglesia ha podido desbaratar eso. Los brujos murieron, ya nadie se alimenta de esas almas, por eso son tantas las que hay. Es mejor que te cuides.

Se dio la vuelta y terminó de marcharse.

7

No pasé mucho tiempo en la cantina. Un par de cervezas más y me fui. Recorrí el pueblo y compré regalos para todos. La mitad de mi sueldo mi tío se lo mandaba a mis papás y lo otro yo lo guardaba. Como no salía, era alguito lo que tenía ahorrado.

Para mi tía compré un buen café del que tanto le gustaba y que estaba por acabarse, además de unas tazas nuevas. A las chamacas unas telas que una muchacha muy linda me ayudó a escoger. Con ellas mi tía podría hacerles algún bonito vestido. Pa Teodoro compré unos carritos y un trenecito. Pa mi tío una buena navaja multiusos.

Era de noche cuando regresé. Bajé del caballo pa abrir la cerca. Entré y de pronto mi tío se me apareció. El potro se asustó. No entendí la reacción del animal, pero logré calmarlo. Mi tío reía.

—Caballo loco —dijo mi tío.

—Lo espantó, tío —le dije con una risa nerviosa.

—Sí. Es que ya es más tuyo que mío. A mí ya no me quiere —dijo mi tío con una sonrisa grande.

—Cómo dice eso, tío. Los caballos son muy nobles. Siempre recuerdan a sus amos.

Mi tío seguía con su sonrisa rara.

—Tío, lo veo muy fresco, ¿no lo cansó el ganado? —le pregunté extrañado por su actitud.

—No, para nada, sobrino, ¡me siento chingón ahora! —me contestó enérgico.

—Qué bueno. ¿Iba a alguna parte?

—Creo que sí —se rascó la cabeza y vio pa todos lados, como buscando la salida que tenía enfrente.

—Ah, pues mire, le traje esto, se lo doy antes de que se vaya —le dije mostrándole la navaja.

—¡Ah, cabrón! Gracias mijo —dijo y estiró su mano, pero al intentar tomar la navaja, se le cayó.

Yo la recogí de inmediato, se la iba a dar de nuevo y me detuvo:

—Guárdala, mijo, guárdala. Creo que sí estoy cansado, mira que dejé caer la navaja. No hagas caso, entra a la casa, tu tía ya debe tener la cena.

—Bueno, tío —le dije y jalé al caballo que estaba como tieso, sin querer moverse.

Terminé de llegar y les di sus regalos a todos. Estaban contentos. Aunque mi tía sonreía como con desgana y la mirada la tenía ida.

—¿No le gustó su regalo, tía? Si quiere le puedo comprar otra cosa.

—No, hijo, cómo crees, sí me gustó, es que tu tío después de venir a comer no se ha parado aquí en todo el día y ya es tarde.

—Estaba en la entrada hace un ratito.

—¿En serio? —mi tía se sorprendió

—Sí, mire, a él le traje esto —le enseñé la navaja.

—¿A dónde habrá ido que no pasó aquí a avisar? —se cruzó de brazos y se asomó por la ventana.

—No me dijo. Tenga, le doy la navaja, guárdesela —la agarró y volvió a mirar pa fuera para ver si lo vislumbraba.

Nos fuimos a dormir. Mi tío no regresó en toda la noche. Mi tía no durmió esperándolo. En la madrugada ella estaba en uno de los muebles, pegada a la ventana. Al verme levantado me dijo:

—No llegó. De seguro volvió a las andadas.

No respondí y me apresuré a ir a "La casa del ganado".

8

Nada extraño sucedió durante la ordeña. Al terminar vi a lo lejos a la niña jugando con alguien. ¿Quién podría ser? Don Chema, ni pensarlo. Aparte de mí nadie más se acercaba a la cuarta tierra. Me aproximé con cautela. La niña desapareció, pero aquel hombre seguía ahí. Era mi tío. ¿Qué hacía mi tío a esas horas y con la niña? Miré a todos lados con miedo a la aparición de la vieja. Ni rastros de ella. Me terminé de acercar. Vi clarito a mi tío tirado en la hierba, muy sonriente.

—¡Tío! ¿Qué hace aquí? ¿Por qué jugaba con la niña? ¿Por qué cometió la imprudencia de sacarla de la casa? —mis palabras llevaban un poco de reclamo.

Mi tío sin dejar de sonreír, me contestó:

—¿Cuál niña, mijo? —mi tío se puso en pie, muy ligero, como si el cuerpo no le pesara.

—¿Cómo que cuál?, con la que jugaba antes de que me acercara —le recalqué pensando que él no quería aceptar lo que hizo.

—No, mijo, aquí he estado tirado yo solo —se rascó la cabeza y vio a todos lados como el día anterior frente a la salida.

Iba a seguir hablándole del asunto, pero me acordé de mi tía.

—Oiga, tío, ahora que me acuerdo, mi tía ni durmió, se la pasó toda la noche preocupada por usted. ¿Dónde se metió?

—Ay, mijo, tu tía... Ha de pensar que ando de cabrón con otra vieja. La verdad es que yo ni me acuerdo qué hice anoche —mi tío no dejaba la sonrisa.

—¿No ha terminado de llegar a la casa? —le pregunté extrañado. Era muy raro que él estuviera ahí.

—No. Ayer me la pasé tan bien por acá que vine aquí a disfrutar de la calma. Pero hay que trabajar. Ni muerto dejaré que el futuro de mis hijos se me acabe por andar desatendiendo los deberes. Voy pal taller.

—¿Lo llevo en el caballo, tío? —le dije al ver que por fin decía algo sensato.

—No, mijo, adelántate pa desayunar. Me quedaré otros cinco minutos.

—Bueno... —le dije. Tomé el caballo y me fui a la casa por el desayuno fuerte. Le conté a mi tía que vi a mi tío.

—¡Ese tu tío! Al menos no amaneció muerto —exclamó con un poco de alivio.

9

Mi tío no llegó al desayuno, ni a la comida. Mi tía me mandó a buscarlo al taller, poco antes de que anocheciera. No estaba. Los muchachos me dijeron que ahí estuvo un rato y que luego desapareció.

Y así cada día. Mi tío se aparecía por momentos. Nunca para la comida. A veces llegaba a dormir con mi tía. Lo sabía porque los oía discutir. Lo raro es que no lo escuchaba entrar, siendo que él siempre había sido muy escandaloso para abrir la puerta.

Algo andaba mal. Hasta en el taller me decían que se comportaba muy raro y que su presencia era escasa. Si lo encontraba le preguntaba si iba a comer a la casa con mi tía y mis primos. Siempre me contestaba que luego, que se había echado un taco con los del taller o con don Chema. Yo le creía, pero un día en el taller me dijeron que no se apareció en todo el día. Yo lo vi por la noche y me dijo el mismo cuento de haber comido con ellos.

En definitiva, algo andaba muy mal. Por primera vez tuve miedo de que alguien querido estuviera muerto.

10

Luego de más de un mes de estar así, mi tía había perdido el apetito por completo. Al menos eso creí, porque sólo hizo comida para mi tío, el niño y para mí. Mis primas tampoco tenían hambre. Ahí estábamos en la mesa. Mi tía pensaba y pensaba. Me miró un largo rato y de repente me ordenó:

—Ve por tu tío. Está en la segunda tierra, con los del taller. Dile que urge que venga.

—Sí, tía. Voy.

Corrí al taller. Ahí estaba.

—Tío, mi tía quiere verlo ahorita, que es urgente.

—¿Urgente?

—Sí, tío. Por favor vaya —casi le supliqué—. En serio la veo muy mal. Le tiene ahí su comida.

—Bueno, adelántate. Yo voy en un rato.

Ya no corrí. Caminé muy despacio. Al entrar a la casa casi me caí de la impresión. Mi tío estaba en su asiento junto con mi tía. Parecían esperarme.

—Siéntate, mijo. Tengo un par de cosas que decirte.

Entré con la certeza de que lo que sospechaba era cierto. Tomé mi asiento y mi tío soltó de inmediato su confesión.

—Estoy muerto.

Miré el rostro de mi tía y el de mis primas. Estaban sin gestos, como si entendieran o no creyeran. Yo sabía que sí era cierto. Al único que le vi cara de turbación fue al niño, a Teodoro.

—Sí, mijo. Me imagino que ya lo suponías.

29

—Sí, tío —le respondí casi sin aliento.

—Nunca consideré verdaderas las cosas que me decían de aquí, de las cuatro tierras. No quise hacer mucho caso. Respeto las creencias, pero no por ello iba a asustarme. Y ahora se me ha ido la vida. No me di cuenta enseguida. El día que regresaste del pueblo sonreía porque me picó una víbora y pensé que le había ganado al veneno. Luego de que te fueras a la casa intenté salir y tocar el camino. Al primer paso terminé en un lugar más oscuro. Aparecí al final de la cuarta tierra. Estaba desorientado y perdido. Seguí buscando la casa. Vi a la niña, la cual creí que era Magda de pequeña y me puse a jugar con ella. Tú me viste. Sin embargo, con la luz se me fueron los recuerdos de todo ello. Me sentí ligero y con ganas de trabajar. Fui, sin saber que ya no me encontraba vivo.

»Me di cuenta de que no tenía hambre. Que el tiempo se me iba muy rápido. Que la noche me llegaba sin notarlo. Fui a la tercera tierra a contárselo a don Chema. Quién sabe qué tenga ese hombre, porque al verme en "La casa de la milpa", supo que yo no tenía vida. Aun así, guardó silencio y me escuchó. Me preguntó por lo último que hice, por algo que me hubiera sucedido y que yo pensara que, "no había sido nada". Le conté lo de la víbora y donde estaba cuando eso ocurrió. Me contestó: «No me gusta ir allá, pero hay que comprobar, sígame si quiere».

»Don Chema llegó al pozo seco de la cuarta tierra. Ahí estaba mi bota tirada junto con mi calcetín. Él se asomó al pozo. No era muy profundo, así que con una lámpara que cargaba pudo ver mi cuerpo que yacía en el fondo.

»Dejó la exploración y levantó la mirada. Y ahí estaba yo. Todo asustado. Recordé cada detalle. Me fui a refrescar al árbol luego de encerrar al ganado. Me senté en la orilla del pozo y la pinche serpiente se me enroscó en la pierna y me picó. Me dio un ardor tremendo. Como pude la agarré y la aventé lejos sin lograr matarla. Me quité la bota, el calcetín y me alcé el pantalón para ver dónde me había picado. Mientras lo hacía se me nublaron los ojos. Vi todo negro y no supe más. No sentí la caída. De repente volví a ver, era de noche y caminé hasta la casa. El presentimiento de que no la había librado me acompañó, aun así, sonreía creyéndome vivo.

»Por eso no pude agarrar la navaja que me dabas. Aún no sabía cómo es que los muertos podemos sostener las cosas y moverlas…

Hizo una pausa y no supe si intervenir o esperar a que me diera la palabra.

—Mijo, estoy muerto y necesito pedirte un gran favor.

—Dígame tío —le contesté ya sin miedo, sin comprender cómo es que mi tía y mis primas no reaccionaban al tener un muerto en su mesa.

—Me sentía solo, mijo. Lo tuve que hacer —me dijo muy serio.

—¿Qué hizo tío? —pregunté sintiendo clarito como me regresaba el susto.

—Tu tía y tus primas… Me las traje pa´cá, conmigo. Sus cuerpos están en sus cuartos. Las maté mientras dormían. Ni sintieron. Como ves, aún no se adaptan, están y no están, ni siquiera se van a acordar de esto por un rato. Seguirán con la rutina hasta que les caiga el veinte de lo que les pasó.

—¡Tío! ¡No me chingue! ¡¿Cómo se atrevió?! —le grité reprochándole su acción, parándome de la silla y azotando mis manos en la mesa. Un terror me invadió a pesar de mi reacción de enojo.

—¡No me juzgues mijo! —me dijo mi tío señalándome con su dedo y mirándome con firmeza—. No es lo mismo convivir con los vivos. Uno ya no siente el tiempo, y de pronto, sin darme cuenta, todos estarán viejos. No te preocupes, no sufrieron. La misma víbora que me picó fue la que traje a que hiciera el trabajo. Ninguna gritó. Ni tú te diste cuenta.

Me aterroricé aún más. Miré al pequeño Teodoro. Comenzó a llorar. Yo también quería hacerlo. Volteé a ver a mi tío y le pregunté en silencio.

—No. Con él no pude. A Teodoro no lo pude matar, mijo —unas lágrimas brotaron del fantasma de mi tío—. Yo quiero que mi chiquito crezca y que algún día sea de él todo esto. ¡Él tiene que vivir!

Había otra pregunta que deseaba hacer a mi tío y no pude. Me leyó el pensamiento y a quemarropa me lo soltó.

—La respuesta es no. No estás muerto, sobrino. Tú estás vivo. Tú serás el guardián de mi chamaco, por favor, no me hagas obligarte —me señaló como amenazándome.

Respiré profundo. Me sentí mareado y asqueado por todo lo descubierto. Traté de serenarme y le dije a mi tío:

—No tiene que pedirlo, tío. Quiero mucho al Teodoro.

—¡Gracias, sobrino! —me dijo sonriente.

—¿Y ahora qué hago con todo? —le pregunté sin saber qué hacer con la carga que me dejaba.

—Primero: vende el ganado. Quédate sólo con dos vacas, así tendrán leche fresca cada mañana, y con un toro para que se preñen y tengan becerros pa vender. Te las traes aquí a la tierra uno. No vuelvas a pisar la tierra cuatro después de ello.

»Segundo: en la tierra dos conservarás el taller, que esos cabrones sigan su trabajo, yo me les voy a aparecer para jalarles las riendas y no estén de tranzas.

»Tercero: en la tierra tres don Chema va a seguir de encargado. Ya le dije mis deseos y él ahí estará. Tú le vas a pagar, así como a los del taller. Por eso ya no quiero que cuides el ganado, para que administres el dinero y la granja.

»Cuarto: vas a ir al pueblo a buscar comida para ti y el niño. Tu tía la hará y ella cuidará de Teodoro con sus hermanas. Estamos muertos, pero tenemos corazón y podemos ayudar a los vivos.

»Por último: trae al padre a bendecir de nuevo todo esto. Cosas malas se están despertando y quiero que estén protegidos.

»Una cosa más, mijo: al rato que el niño se duerma, llévate los cuerpos de tu tía y tus primas al pozo. Ahí tíralos y tápalo. Que nadie nunca sepa lo que pasó. Ah, y por ningún motivo dejes que Teodoro o tú mueran en alguna de las cuatro tierras. Quien muere aquí, aquí se queda hasta el día del juicio.

—No sé si pueda con las responsabilidades, tío —le dije abrumado.

—Yo te ayudaré, no temas, que te ayudaré —me dijo con esa sonrisa que en vida inspiró confianza, y que ahora, así muerto, parecía decir que te dañaría si no le cumplías—. Gracias mijo.

Y con esas últimas palabras mi tío, mi tía y mis primas desaparecieron. Sólo quedó el llanto del niño. Abracé fuerte al Teodoro. A pesar de la muerte de su familia, nunca estaría solo. No estábamos solos…

Niños perdidos III

—¡Ah! ¡Ah! —gritaba Dulcina cuando la encontraron.

No era la misma. Comía tierra, no bebía agua y decía a todos que era una "hija de la Tierra".

—Eres mi hija, Dulcina —decía su mamá Olaya.

Pero la niña no entendía. Miraba por las noches las estrellas, las señalaba y decía que esperaba el regreso de los Olmecas, así como lo hacían sus hermanos, "los hijos de la Tierra".

A los siete días, la niña murió. Dos familias le lloraron. Los humanos y los chaneques que no lograron terminar de convertirla.

—Ya se fue con Dios —decía su mamá Olaya.

—Ya está con los Olmecas —decían los chaneques.

Desandando lo andado

1

De repente la noche dejó de serlo. Sentí como si mi cuerpo se comprimiera y escuché el llanto de un bebé. Me di vuelta y miré a todas partes. El cielo lo vi lejano. Creo que me desmayé sobre la hierba, pues me empezó una comezón en la espalda por la sensación de maleza tocando mi piel.

«¿Dónde estás Alfonso? No me dejes aquí solo», traté de decir y mi voz no salió.

Volví a escuchar ese llanto. ¿Acaso una mujer andaba con su hijo por ahí cerca? Debí pedir perdón a tiempo y pasé de largo dos veces por la cruz, y en la última, como quien dice, le di la espalda…

«No estás solo, estás zonzo». Me dio un trancazo en el brazo mi compañero.

Me debí dormir por un momento en el tronco donde nos sentamos, a pesar de lo incómodo y roñoso por su corteza tan vieja. No quise pensar en supersticiones, pero en el pueblo del Mesón muchos nos dijeron que en estas tierras existe "El Encanto".

Alfonso me apuró y nos pusimos de pie. Se hacía tarde. Llevábamos una hora de camino. Don Pedro y su hijo estaban como si nada. Ni siquiera su respiración se escuchaba. Minutos antes nosotros jalábamos aire como si se nos fuera la vida. El sol ardía en nuestra piel y eso que yo era muy moreno. Alfonso, que era güero, estaba demasiado rojo. Subimos y bajamos varias vereditas y "veredotas", todo por escalar el cerro. Quién diría que ese viaje a una cascada escondida nos llevaría a buscar un guía para ir a lo alto del volcán *Titépetl*. Un cerro sagrado para los lugareños, que según contaban, fue el lugar de donde sacaron piedras los Olmecas para hacer sus cabezas colosales.

Nos despertamos muy de mañana, bueno, es un decir, porque estábamos tan muertos de sueño que se nos hizo tarde. Debimos salir a oscuras y en lugar de ello ya clareaba. Alfonso me paró a gritos. «Órale cabrón, ya levántate». Casi me caí de la cama. Me asomé por la ventana y ahí estaba él, montado en su bicicleta. Como pude jalé mi mochila. Mi amá me preparó unas empanadas, nomás que se hacía tarde pa comerlas ahí, así que las guardé en un *tupperware* y las empaqué. Jalé mi machetillo y salí con sigilo. Alfonso metió su bicicleta y corrimos a la carretera federal. Iban a dar las siete.

Entre el arribo del camión al Naranjal —nuestro pueblo—, una hora de recorrido, esperar a que apareciera un taxi rural y llegar a la comunidad más cercana al cerro, nos dieron casi las diez.

Ya muy cerca del Chorro, una cascadita a orilla del camino, que era un bracito del río grande, donde estaba la enorme cascada oculta que íbamos a visitar, a mi compañero se le prendió el coco y me dijo: «¿Te avientas a subir el cerro? Digo, ya estamos aquí, encontrar en el pueblo un guía no costará trabajo, ándale». No me lo dijo dos veces, él sabía que yo nunca me rajo, eso sí, yo no traía mucho dinero pa pagarle a alguien. Él sí cargaba billetes.

Al taxista le pedimos recomendación y nos llevó casi al final del pueblo, para preguntar por don Santos. No estaba. Su esposa nos dijo que ni él ni sus hijos, que temprano se habían ido a atender la parcela y que regresarían hasta medio día. Que quizás don Pedro Xogol estaría disponible, pues él criaba ganado y sus corrales estaban detrás de su casa. Nos dio la referencia, advirtiéndonos antes: «Tengan cuidado, no se vayan a perder en El Encanto, allá arriba hay varias puertas». Preguntamos qué era ese sitio. Nos miró un largo rato en silencio. «Un lugar sin tiempo», dijo finalmente y se metió a su casa.

Caminamos a la vivienda del otro candidato a guía. La gente nos miraba curiosa. Algunos nos preguntaron: «¿A dónde van, parientes?» Luego de responder nos advertían que tuviéramos cuidado con El Encanto, pero nadie nos decía con exactitud qué era. También unas señoras nos dijeron cosas curiosas.

Llegamos. Resultó que don Pedro vivía en la entrada del pueblo. Regresamos un gran tramo a pie.

Y ahí estaba el hombre. Un señor grande de edad, pero que se veía más fuerte que nosotros dos juntos. Nos dijo que nos cobraría quinientos pesos. Me espanté y vi a Alfonso. Él, sin dudarlo, dijo: «Pues vámonos, si no se nos hace más tarde». Don Pedro tomó su machete, antes de salir de su patio nos preguntó si habíamos desayunado. Las empanadas de mi mamá nos las tragamos completitas en el viaje en camión, así que sin más titubeos iniciamos el recorrido.

Por curiosidad quise ir contando mis pasos, pa ver cuántos se necesitaban para pisar lo alto del cerro. Después de los doscientos perdí la cuenta debido al cansancio y a la plática. Le preguntamos a don Pedro por el cráter y nos dijo que no sabía qué era eso. Se nos hizo raro y le explicamos que se suponía que el cerro era un volcán. «Ah, eso, bueno, es que hace mucho que la montaña es jungla. Si hubo un hoyo como el que cuentan, lo tapó el monte. Nadie de por aquí sabe dónde está eso que dicen». Nos decepcionamos. Hasta habíamos apostado por ver quién se atrevía a asomarse al hueco en busca de lava.

3

Luego del descanso donde tuve esa rara visión, se nos apareció un extraño a unos cien metros. Era un hombre joven. Mantuvo su distancia. No nos saludó. Ni una palabra pronunció. Interrogamos a don Pedro. Titubeó un poco y nos dijo que ese joven era su hijo. El muchacho parecía asentir, como aprobando lo dicho. Lo dimos por verdad. Era extraño. Don Pedro era muy moreno, con facciones Olmecas, ojos como rasgados, cara redonda y lampiño. A pesar de las arrugas, daba la sensación de tener el rostro de un niño. Su esposa también tenía rasgos similares. En cambio, su hijo era moreno claro, bigote, pelo corto y chino.

«Mi hijo… irá adelante pa cuidarnos», dijo nuestro guía. Caminó hacia él. Conversaron quedito, pero yo lo oí todo: «Tepeyóllotl³, ¿se encargó usted de él?» Fue raro que lo tratara de "usted", como con mucho respeto. El supuesto hijo le contestó que sí moviendo la cabeza y me pareció que me veía a mí. Me sentí diminuto. «Ahora es de los "pequeños"». «Bueno, al regreso yo me encargo del otro», le contestó don Pedro y volvió con nosotros.

No sentimos miedo, pero sí curiosidad: «¿Cuidar de qué, don Pedro?» Como que se rio. No nos quería decir. Alfonso, que era más atrevido que yo, le insistió. «Mi hijo es un guardián, no los cuida a ustedes, aunque de rebote también les toca que anden seguros. Y no me pregunten más del tema, sino nos tendremos que regresar». Nos miramos sin comprender. Ya no dijimos nada ni le cuestionamos los otros comentarios. Debían referirse a becerros y toros. Si no supiéramos que eran de campo, se podía uno imaginar que hablaban de personas. Me sacudí lo mal pensado y me concentré a seguir hacia lo alto.

Después de caminar por una hora noté que el hijo de don Pedro parecía que no sudaba, mientras nosotros chorreábamos agua. Ni de ida ni de regreso su camisa se empapó. Caminaba como si fuera por un parque. Sin cansarse. Con el mismo ritmo. Siempre adelante de nosotros. Hasta don Pedro sudaba, poco, pero lo hacía.

Nunca tuvimos la sensación de subir una montaña, porque el camino no se sentía empinado. Aunque somos de pueblo, nos cansábamos a cada rato. Parábamos y con la mirada don Pedro nos apuraba.

Se nos acabó pronto la botella de dos litros de agua que traíamos y el calor nos quitaba fuerzas. No caminamos bajo el sol, las sombras de los árboles gigantes nos cubrían y al mismo tiempo creaban un bochorno que nos dejaba agotados. En lo alto oíamos aullidos, chillidos y risas. «Son los monos, nos dan la bienvenida», comentó don Pedro. Por más que miramos no se dejaron ver. En eso mis pies se mojaron. «Es agua bendita, pueden llenar su botella, es agua para purificarlos». No entendimos a qué se refería. Alfonso siguió el cauce y llegamos a un nacimiento no muy lejos del camino. El agua brotaba fría.

Continuamos. A unos metros encontramos lo que tanto se nos anunció con unos letreros: "La Cruz del Perdón". Bajo las letras una flecha indicaba a dónde seguir.

Don Pedro se arrodilló ante la enorme cruz de unos cuatro metros. Estaba hecha de caña de otate. Tenía grabados unos símbolos raros en el palo horizontal. En el vertical la palabra *Tlaxochiuilistli*[4], y bajo esta decía: El Encanto. Nosotros no supimos qué hacer. Lo vimos y agradecimos el poder descansar sin que se quejara de nuestra lentitud. Así que mientras oraba nos sentamos un rato.

«Ustedes también debieron haber orado, pensé que eran creyentes». Nos quedamos callados. Alfonso iba a decir algo y como que se atragantó. «Si no piden perdón y se purifican con ello, no pueden comulgar con El Encanto y les puede ocurrir alguna desgracia y en cada persona se manifiesta diferente», nos dijo don Pedro. Nos dio miedo, sin embargo nos quedamos paralizados sin hacer el intento de orar.

Se arrancó a caminar con gesto de decepción. Lo seguimos. Volvimos a ver la figura de su hijo. Don Pedro lo alcanzó. «La montaña anda caprichosa, el espíritu del *Titépetl* parece asustado, a ver si no toca que desconozca a estos y les haga algo antes de que me hayan pagado». Su hijo nomás movió la cabeza con un sí. Don Pedro no parecía preocupado de que lo hubiéramos escuchado. «Así es esta gente, Pancho, están llenos de creencias, volveremos como si nada, eso sí, a este paso será de noche», me dijo por lo bajo Alfonso, entonces me acordé de mi abuela, que también creía en esas cosas.

4

Antes de terminar el recorrido llegamos a los arenales, una zona pelona y sin árboles. Ahí la subida sí que estaba pronunciada, no como pa ir en cuatro patas, pero si con la dificultad de una cuesta muy empinada. Dábamos cinco pasos y regresábamos tres. Una arena negra volcánica nos cubría las botas mineras que traíamos. La vista desde ahí parecía un espejismo, porque nunca habíamos estado ante algo igual.

Los cerros alrededor "bailaban". La luz les llegaba de tal forma que veíamos ondulaciones en ellos. Picos, elevaciones, lomas chatas, lomas picudas, otras boludas, voladeros y barrancas que sentíamos que podíamos alcanzar con sólo estirar la mano.

A mí me dieron ganas de aullar. Me sentí libre y primitivo. No corrí porque la arena no me dejaba tomar velocidad. Alfonso me vio con susto. «Estoy bien, no estoy loco, nomás contento, nunca vi nada como esto», le dije a mi compañero y creo que me entendió, porque sonrió. Don Pedro también sonreía, su dentadura estaba amarilla, con un par de dientes negros por las caries. En lo alto, en la punta, su hijo nos aguardaba. Así que seguimos.

5

La cumbre no nos supo a gloria, la gloria la experimentamos en el arenal. Y es que en la cima, los árboles no nos dejaban ver a ningún lado. Nos sentamos y sacamos comida. Pan, tortillas y atún enlatado. Don Pedro y su hijo no quisieron comer, nos aseguraron que no lo necesitaban. Insistimos. Don Pedro tomó un pedazo de mi pan, pero no lo vimos llevárselo a su boca, así de repente se le desapareció.

Cuando nuestras mochilas quedaron vacías de comida, le dimos un buen trago al agua "bendita" del manantial y escuchamos voces a lo lejos. Nos pusimos de pie. Tratamos de buscar de dónde venían y de entenderlas. Don Pedro y su hijo no se mostraron extrañados.

«¡Ey!, ¿dónde están que no los vemos?», gritó Alfonso a todo pulmón. «Ya váyanse, desanden sus pasos». Mi compañero se encogió de hombros sin entender. Yo sí lo hice, pues se lo escuché una vez a mi abuelita: «Al morir uno regresa sobre sus pasos, desandando lo andado, recogiendo los pasos».

«Esa gente sabe lo que dice, ya es tarde, nos hicimos cinco horas cuando sólo son tres o cuatro de manera normal, ustedes se agacharon mucho. La bajada es más fácil, aunque se tiene que hacer con más cuidado, porque se nos hará noche antes de llegar a la orilla de la montaña», nos apuró don Pedro. Recogimos nuestra basura y lo seguimos. No nos dimos cuenta de la desaparición de su hijo. Se volvió a adelantar sin decirnos adiós.

«¿Y ahora tú qué haces?», me preguntó exaltado Alfonso, pues empecé a caminar de espaldas, dando pasos hacia atrás, desandando, recogiendo mis pasos. Sin dejar de caminar le conté sobre la creencia de mi abuelita. «Vaya que estás pendejo, te vas a dar una santa caída», me regañó. Me valió y continúe, así me iría hasta la orilla del *Titépetl*.

Pasamos por los arenales. Por los árboles gigantes. Sorteé troncos que obstruían el camino. Oí a lo lejos el agua que don Pedro llamó bendita. La escuché tarde, porque el ruido venía de delante de mí. Estaba tan oscuro que no me di cuenta de que pasamos La Cruz del Perdón, ni sentí mojados mis zapatos al pisar el hilo de arroyo. En cambio, fue como si se hubieran secado.

Por nada del mundo daría un paso adelante, aunque viera poco al voltear mi cabeza a un lado u otro, aunque fuera más lento, aunque don Pedro y Alfonso me dejaran.

De hecho, creo que me perdí de repente. No me angustié. Sí estaba desandando, mis pies conocían el camino, confiaba en ellos y en la creencia de mi abuelita. Sólo que fui torpe al no interpretarla bien.

Una voz lejana me hizo saber que no iba tan mal. «Te esperamos en el tronco donde hicimos el primer descanso», escuché el grito de Alfonso. El camino de bajada estaba por terminar.

Aunque no de forma literal, recogí mis pasos. Lo logré, pero sentí una gran carga en mi espalda, como si mi mochila casi vacía me pesara más y más. Debía ser el cansancio del día. Ya pronto abandonaría el sendero empinado para irnos por las vereditas, donde ya caminaría con normalidad.

Respiraba con jadeos. Inspiraba muy largo y soltaba el aire por la boca en un esfuerzo por mantener el ritmo. Ver ese paisaje alejarse de mí en lugar de acercarse, mirar como si fuera una película silenciosa, con una escena que se apagaba de a poco, con esos murmullos de las aves guardándose, los monos con ruidos menos escandalosos, y el olor que da la tierra al llegar la oscuridad.

Esas sensaciones me recordaban algo, me hacían ver imágenes del pasado, cuando era un niño y soñaba con un mundo gigante, con una oscuridad que no dejaba ver ni mis manos estiradas, y que no le temía, porque algo me dirigía los pasos. «Estoy por llegar», pensé.

«Por fin estás aquí», escuché, al mismo tiempo que mis talones sentían tocar el tronco donde prometieron esperarme.

6

Me reí sin dejar de ver al frente. Me volteé sabiendo que en esa oscuridad no distinguiría la cara de mi compañero ni la de don Pedro. Por alguna razón tenían apagada la lámpara minera, de la cual sólo llegué a ver un reflejo lejano entre las superficies claras del monte.

De repente la noche dejó de serlo. Sentí como si mi cuerpo se comprimiera y escuché el llanto de un bebé. Me di vuelta y miré a todas partes. El cielo lo vi lejano. Creo que me desmayé sobre la hierba, pues me empezó una comezón en la espalda por la sensación de maleza tocando mi piel.

«¿Dónde estás Alfonso? No me dejes aquí solo», traté de decir y mi voz no salió.

Volví a escuchar ese llanto. ¿Acaso una mujer andaba con su hijo por ahí cerca?

«Debiste pedir perdón a tiempo», oí decir a una voz desconocida.

Pasé de largo dos veces por la cruz, y en la última, como quien dice, le di la espalda, pues así caminaba. Mi abuelita dijo: «Cuando alguien se muere, regresa sobre sus pasos, desandando lo andado, recogiendo cada paso».

Pero yo no estaba muerto, sino vivo. En un lugar sagrado...

«Bendito sea el Señor, ¡visitarán la montaña!», nos dijeron las señoras en el pueblo del Mesón, «Ojalá regresen con una de sus bendiciones y no se metan por error al Encanto».

Tirado en la hierba un bebé lloraba. Un muerto desanda para volver a nacer. Yo me regresé a mi niñez. Berreaba con la esperanza de que Alfonso me escuchara. Fue cuando lo vi. El "hijo" de don Pedro me recogió.

41

«Debiste pedir perdón a tiempo», volvió a decirme. «No te preocupes, ahora mismo me encargo de ti. Yo soy *Tepeyóllotl*, el guardián del cerro. Con tu jueguito te metiste al Encanto, donde habitan ellos, los pequeños, a los que ustedes llaman chaneques, ahora tú también eres pequeño…»

Grité más fuerte y no volví a saber de mí.

7

«¿Dónde estás Alfonso? No me dejes aquí solo».

«No estás solo, estás zonzo». Me dio un trancazo en el brazo mi compañero. Me debí dormir por un momento…

Niños perdidos IIII

Nuestro peor error fue sembrarlos, pero nos lo pidieron los Olmecas. Nosotros somos los verdaderos "hijos de la Tierra", sólo que ellos se la adueñaron. Seres defectuosos que ni saben vernos. Humanos tontos. Olvidaron a los dioses. Y los dioses a nosotros. Se fueron a las estrellas. Dicen que perdemos niños, pero somos nosotros los que nos sentimos perdidos, abandonados entre bárbaros, entre humanos...

El viaje a través de las cartas del Tarot, es básicamente un viaje a nuestra propia profundidad. Cualquier cosa que encontremos en este viaje es, en el fondo, un aspecto de nuestro más profundo yo.

Jung y el Tarot, Sallie Nichols

Peregrino en el encanto abominable de las formas, mensajero de lo esencial, es decir de mí mismo, desdeñando los ensueños del pensar hago de todos los caminos mi camino.

Yo, el Tarot, Alejandro Jodorowsky

El viaje del loco

Nadie huye a su destino

1

Nunca pensó encontrar la muerte en ese lugar tan concurrido. Lejos de su rancho. De sus campos. De esas tierras que arrebató, donde fue el peor de los caciques. Donde aterrorizó a muchos después de huir de la revolución.

Aborrecía ver tanta gente y no poder gritarles y humillarles. Ser uno más. Hubiera querido decirles quien era, pero sabía que tenía que ser prudente. Se suponía que él ya no existía. Que había muerto. Ahí en la capital ya debían haber llegado las noticias de su desaparición. Tal vez aún era buscado. No lo sabía y no quería averiguarlo. Mejor siguió caminando en aquel mercado para encontrar su carne…

2

Su supuesta muerte le ayudó a someter al pueblo "El Mesón". Ahí se refugió. Las noticias no llegaban tan rápido, menos en ese sitio veracruzano perdido de Dios. Cuando lo vieron con su traje militar les dio miedo a todos. Pocos eran los hombres que ahí quedaban, la mayoría de avanzada edad. Un gran grupo de jóvenes se largaron con un fusil o un machete a ser parte de la revolución. Ninguno regresó. Y los que estuvieran en camino, si es que había, Pascual Cazarín no les permitiría hablar.

Él y tres oficiales que sobrevivieron de su pelotón decidieron quedarse ahí, y explotar hasta donde pudieran a esa gente. Huían de las nuevas autoridades. Ellos perdieron. Al general lo dieron por muerto. A los hombres que abandonó en el campo de batalla, les encomendó esparcir el rumor de su fallecimiento por una de las tantas balas. Los vencedores no creyeron del todo su deceso.

Nunca encontraron su cadáver. Los sobrevivientes contaron que lo enterraron y no se acordaban del punto exacto.

El general le dijo al pueblo que los de su bando eran los vencedores y que, en premio a su labor, les habían dado el gobierno de ese lugar, que el que no estuviera de acuerdo tendría una bala en la cabeza. Nadie se quejó. Estaban acostumbrados a ser apacibles y dejarse llevar por la apariencia de autoridad, como la última vez, cuando un líder campesino fue a invitarlos a unirse a sus fuerzas revolucionarias. La diferencia era que en aquella ocasión podían decidir, en esta no había elección.

Buscaron la mejor casa y se adueñaron de ella y de muchas de las tierras circunvecinas. Pusieron a las mujeres a servirles como reyes. A los niños y jóvenes que quedaban los hicieron trabajar en lo que hiciera falta para ellos. Todos los obedecían. Tenían miedo. Los amenazaron con dejarlos sin comida y matarlos si era necesario.

Cuando se le antojaba a Pascual y a sus oficiales, violaban a las niñas que ya estaban en edad de "merecer". Se deleitaron con la esclavización de esa gente. Hasta cerraron los caminos. Mandaron a tirar árboles y a poner piedras para que nadie se le ocurriera ingresar. De por sí la entrada principal al pueblo era poco visible y accidentada para transitar, incluso a caballo, con el "arreglito" del general se hacía imposible la llegada.

Pero nada es imposible para "Los Húngaros". Así se les decía en esas regiones a los gitanos. Un día se les aparecieron unos niños en el camino y les dijeron que detrás de unas lomas lejanas había un pueblo. Sabían que esos seres desnudos no eran simples infantes, pero no cuestionaron "el misterio".

Se abrieron camino entre una milpa seca, consideraron que nadie se enojaría por pasar por ahí sus carretas. No había nada que cosechar en ese sembradío mal dado. La señal de vida que les atrajo fue el humo de los fogones que divisaron a lo lejos. Estaban ansiosos, pues hacía días les empezó a escasear el alimento.

El general se "encabronó" cuando los vio. Tomó su fusil dispuesto a correrlos. Al verlo, el líder de "Los Húngaros" se le aproximó sin el más mínimo temor y le dijo:

—Venimos en paz, señor. A dar un espectáculo. Se ve que usted es el que manda. Tome estas dos botellas de aguardiente como tributo por nuestra estancia.

Pascual miró las botellas. Al cerrar los caminos y no dejar a nadie salir del pueblo, lo había alejado de su segundo placer más grande en la vida, aparte de las mujeres: la bebida. Vaciló. Bajó el fusil, tomó el aguardiente y le gritó al húngaro:

—¡Serán tres botellas por día que estén aquí!

—Puedo darle siete botellas, pero déjenos quedarnos por lo menos tres días.

El general titubeó. Sin embargo, accedió. No vería muy seguido licor por ahí. Asintió, no sin antes advertirle al húngaro:

—Acepto. Nomás no hagan desmadre y no me alboroten mucho a la gente. Y prohibido hablar algo de la revolución. ¡¿Quedó claro?! —gritó el general.

—Sí, señor. Traemos espectáculos, mercancías, algunos hechizos de amor, leemos la buena fortuna. Aceptaremos el pago con comida y objetos que pueda darnos su pueblo.

—Y no se les ocurra robar. Yo aquí soy la ley y quien la quebranta "me lo chingo".

—No se preocupe, señor. Somos honrados.

—Bueno, no se diga más, ¡monten su desmadre!

El pueblo estaba contento. Después de tanto tiempo de estar temblando ante las órdenes del general, tenían con qué entretenerse. Pascual Cazarín también estaba alegre. Por fin contaba con agua ardiente. Bebió ese día y toda la noche con sus oficiales. Mandaron a matar una de las vacas más gordas y tiernitas que había en el pueblo.

Matilde, la dueña de la vaca, era la mujer con la que el general le encantaba "coger", casi estaba de planta en su casa. Tenía dieciocho años y un cuerpo con la grasa bien distribuida en sus caderas y senos, con una cintura que ni el nacimiento de sus hijos le quitó. A los quince se casó y enseguida se embarazó. Tuvo dos hijos, uno tras otro. Su marido partió a la revolución con los demás. Cada noche lloraba preguntándose si estaba vivo o no.

El general tenía algunas consideraciones a Matilde, por eso ella se animó a suplicarle que no matara a su vaca. Necesitaba la leche del animal para alimentar a sus hijos. Le dijo que por qué no mejor le quitaba una a don Ramiro o a don Cleto, a ellos todavía les quedaban como diez vacas, cada una con sus respectivos becerros, un poco viejas, pero su carne aún sería buena. Eso hizo que el general se le subiera la "muina" a la cabeza y la abofeteó varias veces. Al terminar le gritó:

—En castigo, tú serás quien cocine la carne de ese animal. Iba a poner a otra pendeja, incluso te iba a dar unos bistecs para ti y tus mocosos. Ahora te chingas, la cocinas y toda la carne será pa mí y pa quien yo decida.

Matilde lloraba y no le quedó otra cosa más que obedecer. Si el general se enojaba más, se atrevía a matarla a ella o a uno de sus hijos.

Al día siguiente, muy de madrugada, Matilde fue a buscar a Los Húngaros. Aprovechó que el general y sus oficiales dormían bajo los efectos del alcohol. Era una mujer inteligente y sospechaba que el general no fue asignado para gobernar en su tierra. Se asomó sigilosamente en todas las tiendas. Buscaba a alguien que le inspirara confianza, hasta que vio a una mujer que dormía con una niña. La despertó. La mujer extrañada le dijo:

—Oiga es muy temprano. Al rato le leo la fortuna.

—No vengo a que me lea nada. Quiero pedirle un favor.

—Bueno, ya me despertó, dígame.

—¿Qué sabe de la revolución? Mi marido se fue hace mucho tiempo. Varios hombres se fueron y ninguno ha regresado. Quiero saber si está vivo. Si ganaron los de su bando.

—De la revolución tengo prohibido hablarle. De su marido sí puedo, con las cartas. Se las echo y así sabremos si sigue con vida.

—Mire. Este anillo es de oro. Mi Pánfilo lo encontró hace mucho tiempo, cuando estaba de peón en la capital. Dígame algo de la revolución, por la virgencita.

La húngara respiró. Les habían advertido que ni una palabra de ello. Sin embargo, el oro le atraía mucho. Podía mentirle para salir del paso. No quiso. Aunque era codiciosa le gustaba dar un buen servicio y decir siempre la verdad, fuera trágica o no. No necesitaba las cartas para platicar de la revolución, en sus andanzas vio mucho.

—Te hablaré de la revolución, pero antes veamos lo de tu marido —buscó sus cartas, las revolvió y se las extendió boca abajo—. Toma una para empezar y muéstramela.

Matilde obedeció y se la enseñó a la húngara.

—¡Ay, no! —dijo la húngara con un gesto de terror que le desfiguró la cara.

—¿Qué pasa? ¿Qué significa la carta? —preguntó angustiada.

—Es la muerte, veo la muerte…

—¡Lo sabía! ¡Pánfilo se murió!

—Sí, se murió, pero la muerte que veo no es la de él, es la mía y la de los demás. Tengo que avisarle al…

No terminó la frase. Uno de los oficiales del general entró y disparó directo a la cabeza de la húngara. Él había salido a orinar al patio y vio a Matilde dirigirse a donde estaban los gitanos. A pesar de seguir ebrio la persiguió muy quedo. Al entrar ella a la tienda, él se acercó despacio para poder oír lo que decían. Pensó correr y avisar a Pascual. Pero como oficial tenía permiso de disparar en caso de una rebelión, y preguntar de la revolución significaba rebelión para él. Así que no lo pensó y disparó a matar.

—¡Pinche vieja! —dijo el oficial mirando el cuerpo de la húngara—. Aquí quédate mientras me chingo a todos —se dirigió a Matilde.

El disparo despertó a los demás Húngaros. La gente del pueblo ni se asomó. Tenía miedo. La última vez que hubo balas ahí fue para dar una advertencia a los que se mostraban holgazanes en el trabajo. Dos muchachos fueron los asesinados ese día.

Los Húngaros al ver lo que pasaba agarraron lo que pudieron mientras huían. Varios cayeron por las balas. Pocos lograron escapar. El alboroto levantó al general que corrió a ver qué pasaba. Su oficial le contó todo.

—Y la Matilde, ¡¿dónde carajos está?!

—Ahí en esa tienda, mi general —dijo el oficial.

Pascual Cazarín se asomó a la tienda. Ahí estaba Matilde. Abrazaba a la hija de la húngara, que se despertó con el disparo y lloraba desconsolada por su madre.

—¡Hija de tu puta madre! Así que querías saber de la revolución. No te mato nomás porque me encanta coger contigo, desgraciada. Cuando me aburra de ti te llegará tu hora.

Matilde se sentía culpable de lo que pasaba, sintió el peso de la muerta que tenía al pie, y el de los muertos que imaginaba esparcidos fuera de la tienda. Abrazó a la niña y le prometió que ella la cuidaría, que no la dejaría sola.

Ya en la casa del general, él la golpeó hasta que se cansó. Exhausto se sentó. Uno de sus oficiales le comentó que una escuincla desconocida lloraba afuera. Con las pocas fuerzas que le quedaban a Matilde le dijo al general que la niña era hija de la húngara. Que la dejara por favor hacerse cargo de ella, para aliviar su conciencia. Que ella sería útil, pues ya estaba grandecita como para cuidar a sus hijos, así podría ocupar todo su tiempo en él.

El general ya estaba cansado y más por ello que por lástima, dijo que sí. De esa forma la pequeña Siria de nueve años se quedó en el pueblo.

Al poco tiempo demostró que había heredado el don de su madre, sólo que en un nivel más alto. Veía cosas y predecía el futuro sin necesidad de barajas, aunque se apoyaba en ellas. Conservaba las cartas de su madre, la protegían, pues tenían manchas de la sangre de ella y su espíritu se aferró a ese mazo para seguir cerca de su amada hija.

3

Un día el general vio a Siria con las cartas en el patio de su casa y se molestó.

—¿Qué haces aquí mocosa? Vete a jugar a otra parte. Deberías estar con los chamacos de la Matilde.

Sin mirarlo y poniendo atención a las cartas, le contestó:

—Están dormidos. El revoltijo de hierbas que les di los hace dormir mucho y no molestan. Vine para ver a Matilde. Ya le avisé que estoy aquí, me asomé por la ventana de la cocina, pero estaba ocupada, por eso la espero. Mientras, leo las cartas.

—¿Leer las cartas? ¡Qué pendejadas dices chamaca!

—No les diga así a las cartas. Lo pueden maldecir —volteó Siria con una mirada de odio. Desde la muerte de su madre perdió su niñez y hablaba como si fuera una adulta.

Los ojos de Siria le causaron temor al general. Él que siempre era tan hombre tuvo un destello de miedo. Evadió su mirada y vio al cielo preguntándole:

—¿Qué te dicen las cartas sobre el pueblo?

54

—Que se va a inundar —le contestó secamente.

—¡¿Qué?! Pinche chamaca, no ves el sol que hace, ni una nube hay.

—Pero se va a inundar, hoy en la noche. Sólo lloverá esta noche. Por la mañana parará. A los tres días la tierra volverá a estar seca. Ya le fui a avisar a la gente. Ahí en La Loma Grande, la que tiene un árbol de zapote domingo, nos podremos salvar con todo y animales. Los espíritus de *Tlaltzintlan* nos cuidarán. Eso vine a avisarle a Matilde.

—¿Tla qué? —preguntó desconcertado.

—*Tlaltzintlan*, así se llamó El Mesón, los Olmecas así le pusieron. Me lo dijeron los señores viejos y los duendes que guiaron a mi gente a este lugar, aquí los conocen como chaneques.

El general mejor no dijo nada. No creía en leyendas, sólo en las armas. Se dio la vuelta y entró a la casa.

Por la noche se desató el aguacero más feroz visto en años en El Mesón. El río Tecolapa se desbordó, y tal y como dijera Siria, el único refugio fue La Loma Grande. A la primera señal de trueno todos empezaron a correr ahí. Los que tenían animales ya se habían preparado. Creían en las "supersticiones" y le creían a Siria. Muchos consultaron a su madre y vieron que era acertada. Siria también les advertía cosas y se cumplían. No dudaban "ni tantito" en que el pueblo se inundaría como ella les predijo. Por eso, llegado el momento, atendieron a su consejo para salvarse.

Los últimos en subir a La Loma Grande fueron el general y sus oficiales. No creían. Y por ello casi los arrastró el agua, la cual les llegaba a la cintura cuando intentaban alcanzar la loma. Si Pascual había sentido miedo con los ojos de Siria, con la predicción cumplida lo sentía más. Quería saber cuánto le iba a demorar su cacicazgo. Tenía que saber si los que mandaban en el gobierno lo descubrirían. Esperó hasta que se normalizaran las cosas para ver a Siria a solas y preguntarle sobre sus dudas.

Las aguas bajaron a los tres días como anunció Siria. Durante ese tiempo nadie hizo nada contra el general, porque atacar en tiempos de desgracia puede dejar maldiciones en quien se aprovecha de esos eventos.

Pascual Cazarín aún tenía su casa en pie, pues estaba hecha de ladrillos. Muchas se las llevó el agua, ya que eran construcciones de madera o de palma. Las cercas también fueron arrastradas. Era más difícil tener el control de las vacas.

4

Ya en casa, el general ordenó a todos que se largaran a ayudar a las reparaciones del pueblo.

—Que "La Hungarita" se quede aquí, Matilde, tengo un asunto que arreglar con ella —dijo Pascual. Matilde palideció, pero el general la calmó enseguida—. No te preocupes, sólo quiero que me hable de mi futuro. Lárgate sin pendiente, anda.

Y así se quedaron los dos solos en la enorme casa.

—Si eres tan buena para las predicciones, por qué no le avisaste a tu gente lo que les pasaría en este pueblo —preguntó el general.

—Nadie huye a su destino —dijo Siria.

Pascual Cazarín la miró titubeante, con curiosidad sobre el asunto, sin embargo, le precisaba concentrarse en lo que le importaba. Así que fue directo al grano.

—Anda, pues, saca tus cartas. Léeme el futuro.

—No hay necesidad. Lo leí ese día que me vio en el patio con las cartas.

—Y qué te dijeron las cartas, dime.

—Que usted se va a morir.

—¡¿Qué?! ¿Cómo?

—Usted morirá por la cornada de una vaca.

Pascual palideció. Siria predijo lo de la inundación y todo sucedió como lo dijo. En el pueblo quedaban pocos animales, los suficientes para sorprenderlo un día. Y más que se habían caído las cercas y no se les podía controlar con facilidad.

Se puso de pie y caminó por la casa pensando qué hacer. «Si el problema son las vacas, las mataré a todas», pensó. Luego recapacitó y vio a Siria.

—A ver, dime, ¿llegará gente extraña aquí al pueblo?

—Para cuando lleguen usted estará muerto y sus oficiales también —sentenció Siria.

El general palideció aún más. Matar las vacas no detendría la llegada de las autoridades para deshacer lo que tanto trabajo le costó. Todos debían creerlo muerto allá en la civilización. No le convenía que lo hallaran. «Si mato a las vacas, esquivo a la muerte, pero no a la "ley"», especuló.

Tomó una decisión drástica. Llamó a sus oficiales. Les ordenó que buscaran un buen caballo y comida para varios días. Que iba a hacer unas "diligencias". Que regresaría pronto. Se despojó de su ropa de general y ordenó que le consiguieran ropas de civil. Casi al anochecer le tuvieron preparado todo. Dictaminó a sus oficiales que lo custodiaran hasta la salida. Tomaría la ruta de Los Húngaros para irse. Mandó a los muchachos del pueblo a mantener todas las vacas lejos del camino que iba a recorrer para salir del Mesón. Ya lejos del pueblo les dijo a sus oficiales que disfrutaran mientras él no estaba, que hicieran lo que quisieran en su ausencia con la gente.

Empezó a galopar lejos de las vacas del Mesón, con el temor de encontrarse una en el camino. Tenía que huir de toda zona rural. Ya no le preocupaban las autoridades, le preocupaban las vacas.

Después de muchos infortunios logró tomar un tren al Distrito Federal. Si alguien lo buscaba, sólo era en el estado de Veracruz, en la capital ni sabían de él. Y sobre todo, ahí no habría animales paseándose por las calles. Ahí no habría vacas. Ahí no moriría…

5

Su viaje en ferrocarril transcurrió sin contratiempos. Se instaló en una pequeña casa de huéspedes. No dormía muy bien y se despertaba día a día quejándose de la horrible comida. Tenía dinero suficiente como para vivir seis meses sin trabajar, el cual consiguió de sus múltiples saqueos antes de llegar al Mesón. Buscó algo barato para dormir y no gastar mucho. Estaba acostumbrado a las incomodidades de un cuarto pequeño, pero no a la mala comida. Le encantaba hartarse y comer carne. Por eso es que acabó rápido con el ganado del pueblo. En ese lugar donde estaba, la dueña sólo hacía pollo y frijoles. Nada de carne roja. Le reclamó a la señora. Esta le dijo que el pago del hospedaje no daba para cocinarle carne. Que salía muy caro el kilo porque había que traer de muy lejos a las vacas para matarlas.

—¿Entonces aquí en la capital no venden carne? —cuestionó Pascual, con un tono amable y sarcástico que le hacía hervir la sangre. Detestaba no contar con la autoridad que tuvo en El Mesón y darle unos "madrazos" a la mujer.

—Sí venden. En el mercado. Pero está muy cara.

—Si yo la compro, ¿me la prepara? —dijo Pascual a punto de darle una bofetada.

—Claro. Deme el dinero y se la traigo.

—Yo voy —dijo desconfiando de la honradez de la señora—. Dígame cómo se pide y dónde está el dichoso mercado.

La señora le dio los pormenores y Pascual Cazarín se dirigió al sitio indicado.

Aborrecía estar entre tanta gente y no poder mandarles e imponerles su autoridad. Tenía que calmarse, no le convenía armar escándalos. Vio a lo lejos su preciada carne y se apresuró. Pensó: «Así es como me gustan las vacas, bien muertas».

Casi había llegado al mostrador, cuando alguien chocó con él y tropezó. Trató de agarrarse de lo que pudo y logró hacerlo, sin embargo, lo que tomó entre sus manos no tenía ningún soporte. Era la cabeza del animal que ya estaba hecha bistecs en la carnicería, y que ahí tenían para despachar directamente carne de cabeza de vaca. Todo fue muy rápido. Los cuernos estaban filosos y uno de ellos penetró en el costado derecho de Pascual Cazarín y le destrozó el hígado. Su cuerpo temblaba queriendo aferrarse a la existencia. De nada le sirvió. De a poco se le fue la vida. Murió por la cornada de una vaca.

6

Tres días después de la muerte de Pascual las autoridades arribaron al Mesón. Un húngaro les dijo cómo entrar y lo que les pasó hace un tiempo en aquel pueblo. Al llegar encontraron tres cadáveres con trajes militares colgados de un árbol, como si se hubieran suicidado. La noche que regresaron los oficiales de escoltar al general, los emboscaron los muchachos. Los mataron a machetazos y luego los colgaron en señal de justicia.

Matilde abrazaba a Siria, externándole su temor por el posible regreso del general. Siria le dio un beso en la mano y la tranquilizó, diciéndole:

—Nadie huye a su destino, cuando crees huir, vas derechito a su encuentro.

58

Niños perdidos V

«El olvido es lo que ha provocado que los niños se pierdan», decía el anciano al pueblo. «Nos justificamos diciendo que "el conquistador" nos vino a matar las creencias. Pero no, nosotros fuimos los que decidimos aceptar el bautismo, sino sólo hubiera sido agua echada en la cabeza. Sí es bonita la cruz y lo que dice el que murió en ella, sin embargo, no necesitábamos salvación, pues vivíamos como parte de la naturaleza. Nos divorciamos, dejamos de ser parte de "los hijos de la Tierra", por eso ellos vienen y se llevan a sus chiquillos, los que aún no están contaminados y pueden ser salvados. Pa mí, los chaneques no los pierden, los rescatan, así como me rescataron a mí, me devolvieron la razón y me convirtieron en su guardián, en su nahual. No me importa morir, no les diré dónde están».

Esas fueron las últimas palabras del viejo Gelasio. Cumplía doscientos años y como se volvió lento lo atraparon. Amarrado en un palo tuvo la esperanza de que el espíritu Olmeca despertara en el que fue su pueblo. Supo que sus palabras fueron vanas cuando le pegó la primera piedra.

Sólo los niños no participaron.

Una parte de su ser creyó en lo que escuchó y desearon estar perdidos, salvados…

El loco de la loma

1

Yo soy el hijo bastardo de un general. No soy el único, pero sí fui el primero en El Mesón. Soy uno de los tantos hijos ilegítimos de la revolución.

El general llegó al pueblo unos tres años antes de apropiárselo. Como todos los que están en guerra y sin provisiones se aprovecharon de lo que les podían proveer. Y además de los alimentos, las mujeres. Mi madre fue una de ellas. Ella lo curó de una de las fiebres que le causó una herida de bala. Mi mamá conocía las hierbas adecuadas para casi todos los males. Cuando necesitaba encontrar un remedio se iba a caminar horas por el campo y los cerros. Entonces escuchaba susurros de las plantas y ellas les mostraban sus propiedades curativas.

Pascual Cazarín, mi padre, no le pagó. Ella le exigió, alegando que para que tuviera equilibrio debía dar algo a cambio por su salud, a lo que él le contestó que le pagaría haciéndole un hijo. Yo.

Mamá aceptó porque ningún muchacho o señor quería casarse con "una curandera", muchas veces se veía como algo de mal agüero, pues algunos hombres luego absorben lo malo que ellas sacan. Así fui concebido, con el amor de mi mamá y el abuso de mi papá.

Pa cuando tuve tres años y el general vino a ocupar nuestro territorio, no se acordaba de mi mamá, ni la pelaba. Sólo tenía ojos para las más jóvenes, en especial para Matilde, quien adoptó a "La Hungarita", como le decíamos a la hija de Los Húngaros, la cual sobrevivió a la masacre de su gente por parte del general y sus hombres, esto por hablar de la revolución, tema prohibido durante su cacicazgo. Para ese entonces yo ya tenía 5 años. Pa mí era la flor más bella. Su cabello negro despeinado y esponjado me provocaba cosas raras que no sabía explicar. Y sus ojos grandes y negros, tan oscuros como su misterio. Me convertí en un chamaco enamorado, nomás que era imposible pa mí, tan chiquito y ella ya casi una señorita, como decía mi mamá, quien le veía eso en las caderas, según me contaba cuando le hablaba de mis frustraciones.

Esa ilusión lejana era lo que daba alegría a mis días.

A mis medios hermanos y a mí, nos decían "Los Cazarines", haciendo referencia al apellido del general. Lo adoptamos por seguir la ley de Dios de aceptar a nuestro padre. Es lo que nos decían los misioneros que a veces nos visitaban en tiempos de raya[5], esto para que les diéramos limosna pa El Señor y sus andantes.

Nadie me quería por ser un "Cazarín". Así que crecí solito, con mi amada mamá y sus plantas. Aprendía a caminar como ella y a oír los susurros en el viento. Pero yo escuchaba más, yo oía sus palabras y ellas oían las mías. Así, un buen día, yo solito me encaminé al barrio de La Esperanza, que luego se convirtió en congregación cuando nos hicimos municipio libre. Ahí estaba La Loma Grande, ahí donde alguna vez nos condujo La Hungarita pa salvarnos de una inundación. En la punta se encontraba un árbol gigante de zapote domingo. Él me dio la bienvenida, me senté sobre una de sus raíces y conversamos. Ya no sólo tenía a mi mamá para platicar; las flores, la hierba, las plantas y los árboles se convirtieron en mis amigos. Fue por ello que en El Mesón todos me empezaron a apodar "El Loco de la loma".

Un día, camino arriba, el amor se me atravesó. Era La Hungarita. Ella, a pesar de salvar al pueblo entero, fue repudiada en silencio. Mantenían distancia y la evitaban en los caminos, pues siempre leía el futuro con sus cartas. A la gente le gustan los buenos presagios, pero odian los malos y sólo son capaces de acordarse de ellos, así que la tenían como apestada al igual que a mí.

Al verla, las palabras se me escurrieron y ni un chillido me salió. El sol me quemaba la cara y aun con ello no me moví. Se acercó más a mí. Se quedó como a un metro. Yo sólo tenía 7 años y ella quizá 11. No supe por cuánto tiempo nos vimos. Cuando por fin logré hablar, le pregunté:

—¿Cómo te llamas?

Me dijo que Siria, mientras alzaba una de sus cartas. Me pareció como si el viento hubiera hecho lentos todos sus movimientos. Me mostró la figura de un señor que cargaba un palo con un bulto en la punta y tras él un perrito. Me dijo:

—No te asustes, estás por emprender "El viaje del Loco".

No supe a qué se refería. Avanzó y me pidió que siguiera mi camino.

La tomé por un brazo y le dije que tenía algo que decirle. Ella se volteó y me sonrió. Muy despacio me pidió que le dijera.

—Yo sé que nadie me quiere. Que nadie me habla. Sé que quizás algún día me tenga que alejar del pueblo pa encontrar con quien casarme pero, aunque estoy chiquito, sé que quiero ser tu esposo. No deseo ir a ningún viaje, porque si no, no te veré.

Ella me miró en silencio y sus palabras fueron como música.

—No sé si logres sobrevivir a tu viaje. Si lo consigues no serás el mismo. Ya no serás un niño y puede que a tu regreso nos podamos conocer. Para ello tendrás que aprender a ver las cosas de manera diferente.

—¿Y si no me voy, y si permanezco aquí contigo?

—Nadie huye a su destino, si hoy te quedas, quizás ocurra mañana o pasado, pero pasará y entre más tiempo lo pospongas, las cosas serán menos agradables.

—Bueno… —le dije triste.

Ella me abrazó y me dio un beso en la frente. Sentí que no existía el tiempo por un momento. Terminé encantado. Se separó de mí muy rápido y corrió, mientras me gritaba: «Sigue, yo hablaré con tu mamá». Y la vi irse, así como vi irse de repente las casitas de El Mesón.

Aparecí frente al árbol. Él me dijo:

—No tengas miedo, siempre seré tu amigo…

Salió un chamaco de detrás de su tronco y me sonrió. Ningún niño se me acercaba nunca. Debía ser de otro pueblo. Se puso frente a mí.

—Hola paisanito, ¿quieres jugar conmigo?

Estaba muy sorprendido, ya que nadie quería jugar con un hijo del general, así que sin saber qué decir, mi cabeza se agitó pa´rriba y pa´bajo de manera inconsciente.

Él estiró su mano y me tapó los ojos. Luego tapó mis oídos y finalmente la boca. Se me fue la lucidez. Me tomó del brazo y me jaló hacia el árbol.

No chocamos. Lo atravesamos.

2

Desperté en un sitio lleno de sombras. Nos rodeaban árboles gigantes, más altos que el árbol de zapote domingo. Escuché miles de aves, cantos que nunca percibí en El Mesón. También alcancé a ver unos animales peludos, negros, con cara rosada y cola. Aullaban, nomás que sonaban graciosos, no como los coyotes.

Miré pa ́rriba en busca de otros seres. Me giré y bajé mi vista. Una cruz gigante hecha de caña de otate estaba frente a mí, y más abajo, el niño que me invitó a jugar.

—¿A dónde me trajiste? —le pregunté.

—¿Cómo es que despertaste? No es posible librarse del toque de un chaneque por voluntad, yo te la quité —me afirmó.

—¿Qué es un chaneque? —le dije confundido.

—¿Nunca te hablaron de nosotros? —me respondió como extrañado.

—Mmmmm, pa mí eres un niño, y mi mamá de los únicos niños de los que me habló, fuera de los que viven en el pueblo, son unos a los que les dice "Los hijos de la Tierra".

—Debe ser una sabia esa persona a la que llamas "mamá". Algunos viejos así nos llaman.

—Cuéntame, ¿a dónde me trajiste?

—Estamos en un lugar sagrado del volcán *Titépetl*. Detrás de mí está La Cruz del Perdón. Aquí fue un sitio de culto Olmeca. Para resguardarlo enterramos las piedras mágicas y los nativos cercanos levantaron esta cruz, que es lo único que respetan los extranjeros que trajeron tanta muerte a los nativos, a la naturaleza y a las tradiciones. Cuando la ven se hincan y rezan a su dios, sin saber que su humillación es una ofrenda a nuestros creadores, a los Olmecas que hace mucho partieron a las estrellas, las cuales vemos cada noche añorando su regreso.

—¿Y a mí me trajiste pa rezar?

—No, te traje para convertirte en uno de los nuestros, sin embargo, te despertaste. Eso no es común, tú no traes ninguna protección, ni nadie cercano está aquí para llevarte de regreso.

—¿Eres como los robachicos de los que habla mi mamá? —le pregunté tranquilo. Por alguna razón no tenía miedo, a pesar de lo rara que era la situación.

—No soy una cosa tan vulgar como los humanos de los que te hablan. Yo te traje aquí para salvarte, para que no te conviertas en un adulto atontado, muerto por dentro, destructor de los montes, irrespetuoso, vencido ante tradiciones nuevas. Tú eres un marginado como nosotros. Te he observado por un tiempo, y he conversado con nuestro amigo, el árbol, así que te traje para darte la oportunidad de una nueva vida.

—Mi amá me ha hablado de eso, de cómo los hombres han roto el equilibrio y han olvidado su origen… Y sí, soy un marginado, nadie me quiere, pero creo que alguien me puede querer, es una pequeña gitana...

—¡Siria! La conocemos —me dijo con una mueca que parecía una sonrisa—. Ella está conectada con la naturaleza, ella nos vio cuando su caravana iba sin rumbo conocido. Vimos el dolor de su gente por el poco alimento que les quedaba. Algunas veces ayudamos a los humanos. Nosotros le indicamos a Siria cómo llegar a El Mesón y sin quererlo los llevamos a su desgracia, aunque nadie huye de su destino. Ella ya no tenía edad para ser convertida, sino hubiera sido una de las elegidas, sin embargo, es nuestra aliada.

—¿Ustedes se casan, tienen esposa? —le pregunté con la esperanza de que me dijera que sí, pa aceptar su ofrecimiento y luego regresar al pueblo por Siria.

—Esas son cosas de humanos. Los chaneques no necesitamos unirnos a nadie. No tenemos un cuerpo como ustedes. Somos pequeños, ligeros como el aire, nos movemos por kilómetros en un parpadeo, podemos tomar forma de animales o parecernos a los humanos pequeños como tú, no comemos por necesidad, no morimos como ustedes.

—Suena bonito, sólo que me parece muy triste que no tengan a alguien a quien querer —le dije decepcionado. Si era como decía, no deseaba convertirme en un chaneque.

Continuó con su explicación:

—Nos quiere la Tierra que nos vio nacer, los árboles, los ríos, los elementos, los animales, nuestros hermanos, los guardianes que habitan los montes y los Olmecas.

—Yo puedo ser su amigo como lo es Siria, no tengo que ser uno de ustedes —le dije pa convencerlo de que no me transformara.

—¡Por qué insistes en ser una cosa amorfa y vulgar! —me gritó—. Nadie te quiere, no te respetan en tu pueblo.

Su voz retumbó en ese monte inmenso. Los animales escandalosos de los árboles se callaron y los pájaros volaron asustados.

Intenté respirar profundo. Era como si no hubiera aire y también como si a mi cuerpo no le importara, pues no sentí ahogo.

—Sé que nadie me quiere porque cargo los pecados de mi padre, el general Pascual, pero voy a intentar demostrar que el apellido no construye al hombre, voy a hacer cosas buenas por mi pueblo, aunque no lo sepan y no me lo agradezcan. Quiero curar como mi amá, ayudar a las personas. Hay mucho desaliento, todos tienen miedo a morir, a sufrir. Mi mamá y mi amigo el árbol me dicen que eso nunca se acabará, que es una lucha perdida que alguien tiene que continuar para dar esperanza. La esperanza es la que importa, así como la que ustedes profesan cuando miran al cielo en busca de los Olmecas.

—Tienes sabiduría y creo saber por qué —me respondió mientras se subía a una piedra gigante para sentarse—. Lo veo en tus ojos, tú tienes en la sangre descendencia Olmeca. Algunos de ellos se juntaron con los nativos y tuvieron hijos. Varios se ahogaron con las inundaciones antes de su partida, y otros, al parecer, sobrevivieron metiéndose a El Encanto.

—¿Qué es El Encanto?

—Un sitio entre la Tierra y el Inframundo, donde la naturaleza es eterna, donde habitamos nosotros y muchos animales, espíritus y guardianes. Sólo seres con inocencia, con un propósito puro o una voluntad firme sobreviven dentro de este, aunque no sin consecuencias.

—¿Puedo conocerlo? —sentí curiosidad por ese lugar.

—Ya estás en él —me sorprendió su respuesta.

—¿Cómo?

—Tu amigo, el árbol de zapote domingo, pertenece en parte al Encanto, los que son de su especie adentran sus raíces ahí, viven cientos de años conectados a dos mundos. Al atravesarlo llegamos aquí, que es un sitio en la Tierra, no obstante, El Encanto se derramó cuando despertaste. Lo atrajiste de a poco a ti. Ahora nos envuelve para este diálogo, para conversar lejos de los peregrinos que cada año vienen a darnos ofrendas a nosotros los chaneques, a los *Tepeyóllotl* y a los Olmecas.

—¿A poco había gente cerca cuando llegamos? —le pregunté mientras me asomaba por todos lados en busca de alguna persona.

—No, aquí el tiempo es otro y no han pasado ni horas ni días, sino años, como le dice tu gente a las vueltas que da la Tierra alrededor de *Tonatiuh*, al que ahora llaman "sol".

Me espanté con lo que dijo el chaneque. Toqué mi rostro y mi cuerpo. No sentía cambios en mí, seguía igual de chiquito. No había crecido. ¿Me transformó en chaneque mientras hablábamos? No sabía, lo único cierto es que sí me sentía diferente.

—Así es, ya no eres el mismo que llegó aquí. Ya no puedo convertirte en chaneque. Lo que sí puedo hacer es pedirte un favor —abrí muy grande mis ojos, pues me leyó el pensamiento.

—¿Cuál? —le pregunté un poco asustado, temía que me pidiera lastimar a la gente o alguna otra cosa mala.

—Allá en El Mesón, a las afueras, por la colonia que ustedes llaman "El Edén", hay un santuario de chaneques, así como una puerta hacia El Encanto. Necesito que la cuides y la preserves. En La Loma Grande, después de esta, si bien recuerdas, hay una segunda loma más pequeña; ahí hay fuerzas no gratas que quieren jalar nuestra energía para salir, deidades prehispánicas, como les llaman ahora tu gente. Tenemos que abandonar el lugar y cumplir la misión de preservar la naturaleza y El Encanto hasta el regreso de los Olmecas.

—¿Cómo podré cuidar de ese sitio?

—Te vamos a heredar esas tierras, un *Tepeyóllotl* aparecerá por ahí fingiendo ser un humano y dirá que son tu herencia. Nadie dudará de su palabra. Tú convertirás el lugar en un rancho para ti y tus descendientes y cuidarás de preservar el santuario. Algún día te necesitaremos, para que desde ahí nos ayudes con una batalla donde los dioses podrían destruir El Encanto y parte de la Tierra.

—¿Crees que yo solito pueda ayudarles?

—¿Quién dijo que estarás solo?

—Hay en tu pueblo una mujer que en su sangre lleva herencia de los galos, humanos que sabían comulgar con la naturaleza, así como lo aprendieron los primeros nativos de aquí. Quizás ella esté contigo si se lo pides…

67

—Siria… —dije bien quedito, aunque esa palabra me resonó fuerte por dentro. Mi corazón parecía estallar.

—Los chaneques podemos andar solos o en grupo, ustedes también, pero de alguna forma se complementan cuando se vinculan con otro. Quizás ese sea tu destino. Yo quise salvarte, nomás que la salvación no siempre tiene que ser la misma para las almas inocentes. Me recordaste que los humanos también son naturaleza y que algunas veces, aún podemos confiar en ustedes.

—¿Así que voy a regresar como humano a mi tierra, a El Mesón?

—Ya no eres tan humano —me dijo y puso su mano sobre mi hombro.

—¿Qué soy? —le pregunté mientras sentía que una cuerda me agarraba un pie y me jalaba pa dentro de la Tierra.

—Que ella te lo diga.

Lo escuché sin verlo, mi cuerpo se hundía. Mi mundo se puso de cabeza. Lo negro y lo terroso de mi alrededor desapareció. Comencé a caer hacia… ¿el cielo?

Vi muy cerca el suelo de La Loma Grande, una rama me sujetaba de un pie, la misma que sentí como una cuerda y que me hundió. Frenó mi caída. Quedé colgado de cabeza. Frente a mí estaba la niña que tanto me gustaba.

—Bienvenido —me dijo esa cara morena, que para mí era de luz.

Siria creció. Su rostro casi redondo se había afilado. Desde mi posición busqué sus pies y la recorrí con la mirada. Era más alta, aunque su cabello y sus ojos permanecían iguales. Me sonrió.

—Creí que jamás regresarías. Nunca intenté saberlo con mi Tarot, hay destinos que no pueden ser descifrados, porque aún se escriben y reescriben con la intención, la voluntad y la convicción en las decisiones.

Mi cuerpo empezó a dolerme. Sentí que me estiraba. Incluso escuché el crujir de mis huesos. Ella tocó uno de mis brazos.

—No eres el mismo —dijo muy cerca de mi rostro. No tenía palabras para responderle.

Respiré. Era como si no lo hubiera hecho en mucho tiempo, pues me dolieron los pulmones. Mi estómago gruñó y quise pedirle al árbol que me dejara descender y ya no estar de cabeza. No pude. Algo me decía que debía seguir colgado. Recordé lo que me dijo Siria antes de partir: «… tendrás que aprender a ver las cosas de manera diferente». Miré alrededor. No sólo por mi posición, sino porque el paisaje había dejado de ser el mismo. A lo lejos se veían más casas. El pueblo también creció, aunque en La Esperanza, las viviendas lucían abandonadas, como si la colonia hubiera quedado muerta, al menos en la altura de la loma.

—Así es, mucho ha cambiado… —dijo ella tragándose algunas palabras con un suspiro, como si quisiera ocultarme algo. Y al instante lo supe…

—¿Y mi mamá? —le pregunté con un dolorcito en el pecho.

Ella se agachó y recogió unas flores blancas que estaban en una de las raíces del árbol.

—Aquí en estas flores está su voz, acércalas a tu oído y siente su amor.

Las tomé y las puse muy cerca de mi oreja izquierda. Sentí clarito que las flores besaban mi mejilla.

«Hijo, hijito mío, mi Felipito. Fuiste mi tesoro más precioso, mi pequeño, con el que siempre podía conversar además de las plantas. Te me perdiste papito, te llevaron a buscar tu camino, iniciaste el viaje del Loco. Te adentraste en la Tierra y me dejaste sola. Sé que no fue tu culpa, no te culpo. No hay hierba que sepa curar la tristeza. Cada día venía hasta este árbol a dejarte flores para que

despertaras del trance de los hijos de la Tierra y regresaras. No me alcanzó la vida para esperarte. Lloro y te extraño mucho. Ahora yo soy parte de la Tierra, yo estaré en cada planta, en cada árbol, en la hierba que pisas, en la lluvia que alimenta lo verde. Nunca estarás solo. Mi corazón estará cerca.

La Hungarita, Siria, siempre fue un consuelo. Con sus cartas me decía que estabas en el juego de La Rueda de la Fortuna, enfrentando El Juicio, a las orillas de La Muerte, cambiando... No tengo ojos, pero te siento por medio de estas flores. Regresaste como El Colgado. Mi niño, no eres el mismo Loco que partió hace años, mírate, eres un hombre.

Mi mejor pago fuiste tú, aunque vinieras de un hombre malo, tú siempre fuiste bueno, y lo serás más allá de la muerte.

Que los Olmecas te bendigan y que la vida te dé consuelo en el amor de Siria, La Hungarita».

El agua de mis ojos mojaba mis cabellos. El sol se veía naranja. La hierba un poco seca, las hojas caían, como si mi amigo el árbol llorara conmigo. Ella también lloraba. Se acercó y tocó mis mejillas con sus manos tibias y me dio un beso en la boca. Su nariz acarició mi barbilla y la mía la suya. ¿Cómo era posible? Yo sólo era un niño.

—Ya no eres un niño. Mírate —me dijo al desprenderse de mí.

Admiré mis manos grandes. Toqué mi rostro. Raspaba gracias a una tímida barba. Busqué mis piernas. Se habían alargado. Ya no era Felipito, era Felipe.

—¿Por qué me diste un beso? —le pregunté a La Hungarita, mientras mi amigo el árbol me descendía, poniéndome derecho frente a ella.

Me sonrió y bajó un poco su cabeza. Su piel no ocultaba del todo lo rojo en sus cachetes. Por primera vez noté que yo ya era más alto que ella. ¿Por qué cambié? ¿Cómo es que crecí tanto?

—En El Encanto el tiempo es diferente. Han pasado cinco años desde que partiste —respondió—. No lo notaste, pero regresaste con el mismo cuerpo del niño que fuiste. Mientras estuviste colgado te desarrollaste rápidamente. Es como si tuvieras diez años más. Sólo alguien joven puede soportar un cambio así. Tu cuerpo cambió tanto como tu alma.

—No me has contestado mi primera pregunta, sólo las que hice sin mover mis labios.

La noté incómoda. Me atreví a acercarme y abrazarla. Sentí que estábamos destinados a estar así por siempre, que en otras vidas ya nos habíamos tocado y que la disparidad de nuestros nacimientos se emparejó. Por fin podíamos ser esposos.

Muy despacio me empezó a decir:

—Cuando te fuiste saqué una carta intrigada por tu declaración. Nunca saco una carta para mí, sin embargo, tuve la necesidad. Salió El Enamorado. Yo ya sabía que me querías. Así que saqué otro par de cartas. Salió El Papa y La Papisa, dos seres que se miran de frente y comparten ciertos dones. Tú eres quien me complementa. Quiero conocerte y quizás ser tu esposa.

No quise responder. La besé de nuevo mientras la luz del sol se reducía a un rayo que apenas tocaba nuestros rostros. Descendimos la loma abrazados. Sólo una luz estaba encendida entre todas las casas abandonadas. De ella salió un anciano, el cual nos saludó con un gesto, al mismo tiempo que dijo:

—Ya preparé todo. Ya están listas tus tierras. Ya es hora que cumplas tu promesa a los chaneques. Hay un rancho que cuidar. El rancho encantado, donde ustedes resguardarán una de las tantas puertas de El Encanto.

No todo sería felicidad, pensé. Habría muchas cosas que enfrentar como pareja, como familia. Guerras espirituales que librar. La ausencia de los Olmecas dejó muchos pendientes y no podíamos aguardar a su descenso de las estrellas. El Encanto nos esperaba, como los sacerdotes que ahora éramos. *Teopixcatzin*[6] y *cihuateopixque*[7].

Detrás del anciano un niño nos sonreía y saludaba.

Un chaneque.

Un amigo.

Nuestro amigo.

Niños perdidos VI

—¿Mamá? —preguntó la niña a la señora que lavaba ropa en el río.

La mujer estaba sorprendida con la aparición repentina de esa niña desaliñada, descalza, con barro en su cabello güerito. Conocía a todos los niños de su pueblo. Ella no era de ahí. O era de otro pueblo cercano, o era una de los niños perdidos.

—Yo no tengo hijos —dijo la señora temblorosa, la cual había dejado de enjabonar la ropa.

—Te pareces a ella… ¿Cómo te llamas? —le preguntó la niña rodeándola. Caminaba como si no tocara el agua de la orilla, como si casi flotara.

—Jacinta, como mi bisabuela —dijo la señora llorando de miedo.

—Así se llama mi mamá —dijo la niña—. Yo soy Marcelina.

—Así se llamó una tía abuela a la que se llevaron los chaneques.

—No se la llevaron, la salvaron, como te voy a salvar a ti, para que seas mi mamá, para que me cuides, para que te conviertas en mi nahual.

Un bulto de ropa sucia quedó en el río, huellas pequeñas y pelo de coyote. Jacinta nunca volvió. Esa noche el aullar de una nueva bestia se escuchó. Para el pueblo era un llamado del diablo. Para "los hijos de la Tierra" un grito de auxilio a los Olmecas.

El viaje del Loco

1

Aylana vio la carta en el cielo. Enorme. Translúcida. Pero con suficiente dureza para distinguirla. A pesar de siempre mirar a lo alto, era la primera vez que se topaba con una presencia así. Corrió a avisar a su mamá. Le estremeció saber que esa carta no figuraba en el mazo de su progenitora.

Intuía que era uno de los arcanos mayores. Su madre le había enseñado unos bosquejos viejos hechos a mano. No tenía idea de por qué se le presentó. Su mamá, Airis, le había enseñado que las cartas que ella poseía eran unas "cartas sin Dios", porque le faltaban los arcanos mayores y había que recuperarlos.

Ese antiguo mazo llevaba años en su familia, quizás quinientos. Lo único que sabían a ciencia cierta es que provenía de Francia, de antes de que se descubriera América. La mujer de la familia que mostraba actitudes se le heredaba el Tarot.

En una ocasión dos hermanas manifestaron tener el don. Eran gemelas. Todas las gitanas dicen saber leer la mano o las cartas, sólo que no es cierto. No todas. Esas hermanas, como eran tan unidas lo compartían, hasta que una de ellas se casó con un gitano de un grupo que provenía de Hungría. Las hermanas dividieron el Tarot.

La que era mayor por veintidós minutos se quedó con los arcanos mayores y viajó con su compañía a México, donde les llamaban "Los Húngaros", esto en la primera década del siglo XX. La otra se quedó en Europa. Prometieron que tratarían de volver a juntar ese juego y heredarlo a una portadora digna.

La que partió a México fue asesinada en una ranchería del estado de Veracruz. Dejó los arcanos mayores marcados con la sangre que brotó de sus heridas.

Aylana presintió que su vida iba a cambiar o que un giro inesperado la llevaría por una senda extraña, la cual no estaba segura de querer recorrer.

2

Aylana era una niña con forma escurrida, debido a su extrema delgadez. Tenía trece años y aún no le llegaba la pubertad. Esta se le despertó durante un viaje de descubrimiento, donde se enamoró de su único amigo, al que nadie aceptaba, excepto ella y su mamá, por ser un niño de la calle y tener un extraño tatuaje.

Aylana soñaba despierta. Hablaba con los animales y con las estrellas, con una seriedad que hacía dudar a los adultos de que fuera un simple juego de la imaginación.

Ella y su mamá vivían casi aisladas del pueblo. Habitaban en "La Loma Grande", la cual se ubicaba a unos metros del camino principal.

Detrás de la loma, al fondo, había dos más de menor tamaño, de las cuales se desprendían muchas leyendas. Mirar desde La Loma Grande hacia las otras dos era como echar un vistazo al pasado. Más allá parecía verse un pueblo antiguo al filo del atardecer. Podría ser una ilusión por las sombras y los relieves del terreno. No obstante, Airis era gitana y sabía que era algo más, sólo que de ello no hablaba, ya que ella, su hija y el niño abandonado, eran los únicos que en años habían estado ahí arriba para ver esas presencias.

3

En la loma había un árbol enorme de zapote domingo, tenía como veinte metros de alto y el grueso de su tronco podía ocultar con facilidad a tres personas. El fruto de esta variedad de zapote es de textura rugosa, esférico, color café claro por fuera y color amarillo por dentro, con un sabor entre el durazno y el mamey. La primera ocasión que dio frutos fue luego de una inundación que casi arrasó a todo el pueblo del Mesón. Aquello pasó por los años de la revolución.

Una niña llamada Siria salvó al pueblo al ver lo que iba a pasar en las cartas que le dejó su mamá, la cual fue asesinada por uno de los subordinados del cacique del sitio. La Loma Grande fue lo suficientemente alta para que la lluvia no la cubriera. Tres días duró la inundación. Al bajar las aguas el árbol dio frutos. Cumplía cien años. Se dice que cuando un árbol de esta especie dilata tanto en producir, es porque su semilla proviene de un lugar llamado "El Encanto", el cual es un sitio intermedio entre el Inframundo y la Tierra.

Luego de aquel evento nadie quería subir a La Loma Grande, ni recoger los zapotes. Se dice que sólo un niño llamado Felipe lo hacía, al que le decían *El Loco*, porque hablaba con el árbol. De por sí nadie lo quería, pues era uno de los hijos bastardos del general Pascual Cazarín, quien dominó y explotó el pueblo hasta que Siria le anunció su muerte. Siria era la hija de una gitana. Así como Aylana.

Airis sabía por su madre que debía reunir las cartas de nuevo, por eso le insistió a su marido para que se unieran al grupo de gitanos llamados Los Húngaros, que vivían en México. La abuela de Aylana descubrió en una revelación, que los arcanos mayores se habían quedado sin dueña, y que las debían recuperar para que no se liberaran fuerzas no gratas por la profanación de algún extraño.

El esposo de Airis respetaba la búsqueda de su mujer, sólo que no era feliz en México, extrañaba el clima de España, sus paisajes y El Camino de Santiago de Compostela. Los vinos riojas que le encantaban eran desconocidos en los lugares por donde iban. Sólo una ocasión tuvo oportunidad de robar uno en un barco de Veracruz. Le deprimían Los Húngaros, pues hasta entre grupos de gitanos hay diferentes costumbres.

Aylana nació en Veracruz al filo de un solsticio de invierno. Ella era una bebé de apenas un año cuando las andanzas de sus padres los llevaron al Mesón. Airis tuvo una visión al llegar ahí. Sus cartas empezaron a ser más y más pesadas, como si le exigieran quedarse. No pudo levantar una de las barajas durante una consulta. Oyó un disparo. Escuchó a una niña llorar y sintió sangre emerger de su ser. La cliente corrió al verla con los ojos en blanco. Al despertar de esas visiones buscó respuestas en las personas que se acercaban a consultarla. La historia de una masacre a Los Húngaros en ese pueblo había trascendido por años, sólo que pocos lo mencionaban. Ella y Aylana eran parientes de "La Hungarita", Siria, la salvadora del Mesón.

Airis tenía que permanecer ahí y esperar una señal para volver a reunir el Tarot. Aceptó el llamado. Su marido no. Él no quiso quedarse, dejó ahí a su mujer e hija. Se marchó al puerto de Veracruz para tomar un barco y regresar a España. Airis también se separó de Los Húngaros, pues estos dejaron El Mesón y continuaron con su vida nómada.

Ella se dedicó a tocar de puerta en puerta para leer la suerte y obtener algún ingreso, mientras averiguaba cómo descubrir el lugar donde Siria había escondido las cartas.

Luego de recorrer por días el pueblo, tuvo que viajar a las comunidades cercanas para ver a otros clientes. La primera que visitó fue "La Esperanza". Iniciaba en La Loma Grande, la cual fue la esperanza para no morir en la inundación de la que aún hablaban los viejos.

Cansada de dormir en donde le dieran alojamiento o en la calle, al no poder pagar siempre una casa de huéspedes, se preguntó si habría algún lugar sin dueño donde pudiera levantar una casita.

«Allá en La Loma Grande vaya y construya algo, si es que se atreve», le dijo un viejo que pasaba todo el tiempo en una mecedora, con la vista en dirección al montículo. Su cabello cano aún tenía algunas islas negras. Su piel apiñonada. Sus ojos claros lucían opacados por los años, sin poderse adivinar si eran verdes o grises. Una panza grande y voluminosa se asomaba al tener la camisa abierta, lo único firme entre todas las arrugas de su cuerpo.

La casa de él lucía vacía. Vivía solo y nadie lo visitaba. Pocos lo saludaban. Daba miedo por esos ojos que no sabían ver otra cosa que el terreno frente a su casa. Desde muy temprano estaba en el patio techado con lámina de zinc. Al caer la noche desaparecía y su casa lucía cerrada. Nadie lo veía salir a instalar la mecedora y nadie lo veía levantarse para ir a dormir. Todos lo conocían como "El Ermitaño".

Airis no tuvo miedo a la loma y subió. Ella, con Aylana en brazos, pasó su primera noche junto al árbol. Soñó algo que no recordó. El árbol le habló y olvidó el mensaje al despertar. Supo que ese sería por muchos años su lugar, que tendría que esperar antes de ser la dueña del juego completo del Tarot.

Por la mañana bajó de la loma y El Ermitaño la vio. Su rostro serio y sin expresiones parecía tener una leve mueca en sus labios, como si quisiera sonreír.

—Llévese la madera que está detrás de la casa y la lámina de cartón. Tengo herramienta que puede usar, empiece a construir —le dijo el viejo cuando ella estuvo cerca—. A mí no me hace falta y a usted sí. De las ruinas de las casas cercanas que abandonaron también se puede llevar material. Y le regalo la vaca que está atrás. Ya nadie la ordeña y yo no tomo leche, me hace daño. Tómese su tiempo. Yo no puedo ayudarla a cargar. Tengo años sin salir de aquí y no pienso hacerlo ahora. Déjeme a la niña, yo la cuido, es lo único que puedo hacer.

El viejo la espantó con su ofrecimiento tosco y a la vez generoso. Ese señor inexpresivo parecía una estatua que sólo movía los ojos, excepto cuando hablaba o se mecía.

Por alguna extraña razón Airis confió su hija al *Ermitaño*. La depositó arropada dentro de un huacal, a los pies del viejo. Se dio a la tarea de subir el material para construir su pequeña casita. Le tomó un día entero reunir lo indispensable para empezar. El cansancio se le notaba demasiado. Le preocupaba encontrar a su hija a los gritos y que el señor no supiera qué hacer con ella. El viejo impávido se mecía mientras Aylana dormía o sonreía, como jugando con algo que sus manos querían alcanzar. Desde entonces ya buscaba el cielo. Los jornaleros que pasaron por ahí en su bicicleta pensaron que *El Ermitaño* estaba jugando con un chaneque.

En su último viaje a la loma, a Airis, la claridad se le hizo noche de repente. Al regresar ni Aylana ni *El Ermitaño* estaban en su sitio. La puerta de la casa se encontraba cerrada. Se desesperó y tocó con mucha fuerza:

—¡Deme a mi hija, deme a mi hija! —gritó.

La puerta se abrió con lentitud. Entró. La niña estaba acostada en un catre. Recordó que sólo le dio pecho a medio día. Era raro que no llorara. Buscó al viejo con la mirada. Ni él ni su mecedora se encontraban. Estaban solas.

Tomó a la niña y corrió hacia la loma. A mitad del camino se regresó. La puerta de la casa del anciano estaba cerrada. Ella la dejó abierta. Estiró su puño para tocar. Se detuvo con miedo. Aplacó sus temores y dijo en voz alta:

—Gracias por todo, ahora entiendo porqué la comunidad empieza con su casa, usted es el inicio de La Esperanza —nadie le respondió.

Se fue con su hija, quien en un balbuceo dijo su primera palabra: «*Tlalti*». Lo que a Airis le pareció un balbuceo, resultó ser parte de la palabra *"Tlaltikpaktli"* que quiere decir *"El Mundo"*, sólo que ella lo sabría años después, luego de que el viejo le heredara su casa y encontrara un viejo libro escrito a mano en español y en una lengua antigua de la región.

Al día siguiente volvió a verlo en su posición de siempre, ella con muchas reservas le preguntó que dónde estuvo cuando regresó por Aylana.

—En el baño, ni que fuera un muerto pa no ir —le respondió con tosquedad.

Ella se contrarió y le cuestionó por la segunda vez que retornó para darle las gracias.

—Ya estaba acostado en el catre… de lo que dijo, una cosa es cierta, este es el camino de La Esperanza. Ah, y oiga bien, el espíritu de la loma la ha aceptado. Ahí estará segura, sólo no se le ocurra ir a la loma de atrás ni la de más atrás. En una dicen que destaparon la boca del infierno. No lo es, aún no… pero es igual de peligrosa, incluso pa usted. Y en la tercera loma está la puerta por donde los antiguos Olmecas se fueron. Quien se mete ahí no regresa, así como ellos no lo hicieron, así como… Ya le dije mucho… váyase.

No quiso preguntar más. Como gitana sabía que existen misterios que no hay que desentrañar, que ella también tenía los suyos. Así pasaron doce años y nada extraño había sucedido de nuevo. Excepto la aparición de él…

4

El patio en la loma era extenso y lleno de hojas por el árbol. Aun con sus ramas que se extendían ampliamente en sus veinte metros de altura, había una parte de cielo despejado por el cual Aylana le gustaba ver las nubes y el paisaje nocturno.

La madera de la casa se había hecho vieja con los años, pero estaba bien cuidada. Era tibia y acogedora en invierno y fresca en primavera y verano. El piso, que por mucho tiempo fue de tierra, lucía un mosaico blanco. La casa estaba pintada de blanco al interior. Incluso el techo. A Airis le gustaba la claridad y era un color que le daba mucha paz. Por fuera la madera tenía su color natural, bañada con un barniz transparente. Su marido fue constructor y albañil. Observando en las construcciones donde a él le dieron muchas veces empleo temporal, ella aprendió técnicas que aplicó para su casa, puesto que iba a dejarle alimentos y comían juntos.

La casa medía cinco por cinco metros, con una división interior para tener un cuarto y una sala. En el cuarto dormían en un catre con un rugoso yute que picaba, aun con sábanas. En la sala tenían una mesa con tres sillas de madera. Una era para *Tlaltzin*, el niño huérfano del pueblo, el niño al que nadie quería, el que dicen que no tuvo padres, que la tierra lo escupió años atrás al descubrir la Estela del Mesón, una piedra como de dos metros de altura y uno y medio de ancho, que mostraba lo que algunos dicen era un guerrero. Nadie sabía. Era como si la sabiduría antigua de esas personas, descendientes de indígenas, se hubiera extinguido para quedar sólo en la ignorancia y la superstición.

La estela la sacaron unos hombres que buscaban el oro que según enterró el general Pascual Cazarín. Uno murió de un paro cardiaco. El otro quedó con los ojos en blanco y no paraba de decir la palabra "*tlaxochiuilistli*". El tercer cómplice que vigilaba fue quien los levantó armándose de valor, porque esa piedra parecía una lápida que nunca debió ser expuesta.

Las casas alrededor de esos terrenos las abandonaron. En todo El Mesón se hablaba de la estela, y nadie quiso terminar de sacarla. Algunos curiosos se acercaban para mirarla de lejos. No demoraban ni un minuto, pues escuchaban un retumbar que parecía salir de ella y huían para "no ser tragados".

El agente municipal dio aviso a la capital y de la nada apareció un arqueólogo gringo. Este murió junto con los doce ayudantes que sacaron la piedra. Se la llevaban en una camioneta de terracería. Ni llegaron a la salida del pueblo. En el parque, frente a la carretera federal que atravesaba el pueblo, se voltearon. Los que iban atrás los aplastó la piedra. Nadie quiso ir a devolver la estela. Catorce años habían pasado y se desconocía su paradero. Era inexplicable que algo tan grande estuviera perdido.

Nadie intentó tapar el hueco que quedó en la loma. Se cubrió de vegetación. Muchos no creían que existiera, porque luego de que la sacaron y vieron lo sucedido a los extranjeros ninguno se volvió a aventurar a ir más allá de La Loma Grande. Airis desconocía esta historia, pues estaba casi prohibido hablar de ella, no fuera que otro extraño quisiera volver a profanar esas tierras.

A la bajada de La Loma Grande, junto al camino, había un palo donde Airis puso una campana, la cual tocaba quien requería sus servicios, pues nadie se atrevía a subir. Ella bajaba con un mantel para ponerlo en el suelo cubierto de zacate y ahí sentarse a echar las cartas. O le iban a avisar para que fuera a realizar una lectura a domicilio.

El Tarot es muy antiguo, se dice que data del mil 400 después de Cristo, al menos el más antiguo que se conoce, el de Marsella, como el que tenía Airis. Este consta de 22 arcanos mayores y 56 menores. Sus figuras representan a reyes, reinas, personajes del clero, personas extrañas y seres u objetos sobrenaturales.

Los arcanos mayores que buscaba Airis eran:

Le·Mat (El Loco [la carta sin número])

I. Le·Bateleur (El Mago)

II. La·Papesse (La Papisa o La Sacerdotisa)

III. L'Impératrice (La Emperatriz)

IIII. L'Empereur (El Emperador)

V. Le·Pape (El Papa o El Sumo Sacerdote)

VI. L'Amovrevx (El Enamorado)

VII. Le Chariot (El caballero)

VIII. La Justice (La Justicia)

VIIII. L'Hermite (El Ermitaño)

X. La·Rove·de·Fortvne (La Rueda de la Fortuna)

XI. La·Force (La Fuerza)

XII. Le·Pendu (El Colgado)

XIII. (*L'Arcane sans nom* [El arcano sin nombre])

XIIII. Tempérance (La Templanza)

XV. Le·Diable (El Diablo)

XVI. La·Maison·Diev (La Mansión Dios)

XVII. L'Étoile (La Estrella)

XVIII. La·Lune (La Luna)

XVIIII. Le Soleil (El Sol)

XX. Le·Iugement (El Juicio)

XXI. Le·Monde (El Mundo)

Este sistema de símbolos es más antiguo de lo que se cree, las figuras del Tarot de Marsella son una versión actualizada de arquetipos de distintas culturas pretéritas. Las láminas pueden ser la representación de una organización o esquema de jerarquías políticas, religiosas y de deidades. Es un recorrido de iniciación, el cual comienza con un *Loco* que va a conquistar al *Mundo* o el lugar detrás de la Tierra…

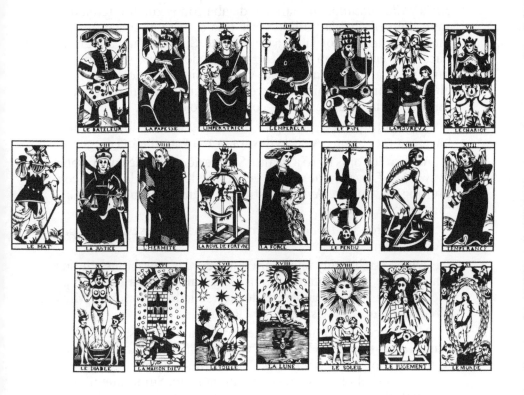

6

Aylana, ya con cinco años, jugaba un día con la vaca y con un cachorro de gato montés que apareció fuera de la casa maullando.

Ella no jugaba con otros niños porque la consideraban rara y los papás no lo permitían. Una cosa era solicitar lectura de cartas y otra hacer amistad con los gitanos. Así era la doble moral del pueblo.

Los únicos seres humanos con los que jugaba la niña eran Airis y *El Ermitaño*. Su mamá la dejaba con él cuando tenía que salir. Sólo ella había podido verle una sonrisa al anciano y sus dientes podridos por la falta de higiene. Sólo ella había logrado hacer que él se parara de su eterna mecedora. Pero si algún paisano pasaba por ahí no veía al viejo levantado, sólo a una niña alrededor suyo, una niña que creían que era un chaneque, por lo que hacían la señal de la cruz con la mano derecha.

Aylana tropezó al perseguir al felino y rodó la loma. Nunca bajaba, a menos que Airis la llevara por la veredita más segura.

Al abrir los ojos miró a lo alto. Su querido árbol se encontraba muy lejos. La vaca que estaba echada se levantó y la llamó con un mugido. En este Aylana distinguía siempre su nombre y los mensajes de su amiga.

El gato trepó el tronco del árbol y le maulló desesperado, parecía tener miedo.

Aylana estaba muy lejos para entender las vibraciones de sus amigos. Vio al imponente árbol. Desde ahí parecía como si se fuera a caer. Nunca había estado de ese lado de la loma. Miró alrededor y decidió visitar la otra loma.

Al estar cerca vio una especie de cueva. De ahí salía una luz grisácea. La hierba no le dejaba ver. Se sintió atraída. De repente una mano la jaló del brazo. Era un niño. Aylana se asustó y corrió con él al pie de ella, el cual no la soltó. Sintió que no habían pasado ni dos minutos. Se vio junto a su árbol. No se sentía cansada. Era como si sólo hubiera dado un par de pasos. Quiso llorar. El niño le hizo señas para que no lo hiciera.

La vaca volvió a mugir y se echó en la hierba al ver de nuevo a su amiga tan cerca. El gato permaneció arriba del árbol, quieto, observándolos. Aylana se calmó y vio con atención al niño como de siete años. Traía un pantalón color caqui viejo y muy sucio. Estaba sin camisa. Descalzo. Su cabello lacio. Ojos rasgados. Piel morena. Media una cabeza más que Aylana.

—¿Tú quién eres? —se animó Aylana a preguntarle.

82

—No sé, no me acuerdo —respondió encogiéndose de hombros.

—¿No te lo dijo tu mamá? —le preguntó Aylana cruzándose de brazos y con gesto de puchero.

—No sé si tengo mamá —dijo él con cara seria y mirada fija. Sus ojos negros podían causar miedo de primera impresión.

Aylana se sorprendió con esa respuesta. Volteó a su casa. Sabía que su mamá estaba ahí dormida y pensó despertarla para decirle a ese niño: «Mira, ella es una mamá». Mas no lo hizo. Sintió un vacío con la confesión del infante y le volvió a preguntar:

—Entonces, ¿quién eres? ¿Y qué es ese dibujo? —señaló un tatuaje que él tenía en el pecho izquierdo, encima del pezón.

—Soy Nadie —dijo el niño agachándose. Hundió su rostro en sus rodillas.

Aylana se iba a acercar a consolarlo cuando la voz de Airis le llamó la atención.

—Hija, ¿dónde estás? —el grito venía desde dentro de la casa.

—Mami, estoy con Nadie —volteó a ver hacia la casa.

—¿Qué? —preguntó extrañada.

—El niño, Nadie.

Airis salió a las carreras de la casa y vio a Aylana sola.

—¿De quién hablas? —le preguntó angustiada.

Aylana volteó y no había nadie.

—Nadie… —pronunció con voz apagada.

—Ay, Aylana, qué susto, la gente de aquí me han hablado de los chaneques y tuve miedo que fuera uno de esos duendes. Son niños malos que buscan llevarse a niñas buenas como tú. Mira —se agachó junto a la niña y le hizo ver a la loma vecina—, allá, por el otro lado de esa loma, dicen que hay una cueva, de donde salen los chaneques. Yo te protejo aquí con mis hechizos, pero si te acercas mucho a esa zona quizás mi protección no te llegue. Ni yo he querido ir más lejos de esta loma. Nunca vayas allá.

—Mami, ya estuve ahí. Nadie me salvó.

Airis miró a Aylana con temor. Por primera vez tuvo miedo de vivir en La Loma Grande.

—Perdóneme, señora —la voz brotó de atrás de Airis. Ella pegó un respingo y abrazó a Aylana—. Yo soy Nadie. Ella se acercó allá —señaló el niño a la segunda loma— y yo la jalé para que "eso" no se la llevara.

Como pudo Airis se levantó e inspeccionó al niño con la vista. Tomó a su hija de la mano y retrocedieron. Su espalda tocó el árbol de zapote domingo.

El niño que sólo pudo esconderse detrás del árbol salió de detrás de la casa, como si la oblicuidad fuera un don en él.

—Yo no soy malo señora, tampoco soy un chaneque. Me llevaron alguna vez, creo, sólo que me les escapé, o no sé. No me acuerdo.

Airis lo vio con detenimiento. Notó el tatuaje "maldito" del que muchos hablaban y por el cual señalaban al niño como un ave de mal agüero. Ella también era en cierta forma una maldita, así le llamaba el padre, el seminarista o el diácono que iba a dar misa cada domingo —siempre era alguien diferente— en la iglesia del pueblo, la Lupita. Pensar en eso le provocó una empatía inmediata.

Luego de un largo silencio y de mirarlo con detenimiento, le dijo:

—¿Tú eres *Tlaltzin*? —había titubeo en su voz.

—Así me dicen en el pueblo, sólo que no me gusta. También me dicen *El Loco*. Oiga, ¿tiene comida?

Airis se relajó con el pedido del niño y sonrió. Caminó hacia él junto con Aylana. Se agachó para verlo de cerca. Le acarició el cabello.

—Eres un niño como cualquier otro. Me asustaste. Y sí, sí tengo de comer. Ven, come con nosotras.

A partir de ese día *Tlaltzin* se aparecía de tres a cuatro veces por semana, para jugar con Aylana y comer. Airis se encariñó con él. Sabía que había algo oculto en su ser, que ese tatuaje era una señal de su pasado, sólo que no quiso descifrarlo. No tenía duda de que era Olmeca, aunque poco sabía de ellos, y lo que sabía era por lo que *El Ermitaño* le contaba.

A las dos semanas de conocer a *Tlaltzin*, Airis lo invitó a vivir con ellas. Le gustaba ver feliz a Aylana, quien había crecido tan sola. El niño no quiso, decía que le daba miedo dormir acompañado, que en las noches soñaba que era un perro sin pelo y no quería morderlas.

Sí, era un niño misterioso, que a pesar de que ellas le abrieron las puertas de su casa, él rondaba otros sitios, como el pueblo, el río grande, al cual llamaban Tecolapa, al que se podía acceder por la parte de atrás de la casa de *El Ermitaño*, aunque él evitaba cruzarse con el viejo, su mirada le daba miedo, por lo que iba al río por otros caminos. También iba más allá de las lomas, donde nadie se atrevía. Se sentaba en esa llanura verde y accidentada por los vestigios que había bajo tierra. En aquellas tardes una nostalgia no propia de un niño lo invadía y lloraba sin saber el motivo.

Tlaltzintlan fue el nombre Olmeca del Mesón, el cual daba la clave de su origen. Le decían también Nadie o *El Loco*, como la carta del Tarot que no tiene número, que en apariencia no es nadie y que es el inicio. Y su otro nombre, así como el significado del primero, sólo *El Ermitaño* lo sabía y no lo diría hasta que fuera el momento.

7

Aylana recogió el primer fruto que dio el árbol, luego que por años permaneció sin dar. Arrancó la rama que aún estaba unida al zapote. Era un 31 de octubre. Ella tenía trece años. La fruta en sus manos le provocaba sensaciones agradables al tacto. Le embelesaba acariciarla.

Le mostró el zapote a la vaca. Ella mugió como si sintiera alegría. Detrás de ella escuchó un maullido. Su amigo, el gato montés, apareció. Contenta le ofreció el zapote, al cual le tiró un zarpazo suave. Acarició la cabeza del gran gato y empezó a jugar con su vista al cielo, estirando sus manos, como si ofreciera el zapote domingo a alguien de arriba.

Aylana supo desde pequeña la historia de Siria y de las cartas que faltaban al mazo de su mamá. Deseaba tanto que las juntaran, para así poder viajar y alcanzar a su padre a España. Siempre tuvo esa esperanza. En su corazón sentía que si buscaba en lo alto algún día obtendría una señal y así ayudaría a su mamá en la búsqueda. La señal llegó.

Le·Mat. El nombre en francés en la figura le sorprendió. Su corazón se aceleró. Luego de un tiempo como hipnotizada, caviló que era una de las cartas perdidas de Siria. Ese vagabundo con un perrito que trataba de empujarlo o detenerlo sólo podía ser *El Loco.* Por fin encontrarían las cartas y podrían ir a alcanzar a su papá.

Su mamá la observaba a lo lejos. «Ay, mi hija, siempre como perdida en el cielo», pensó mientras barajaba sus cartas. Al mirarla experimentó un calor entre sus manos y las cartas, el cual pronto le recorrió todo el cuerpo. Sintió un estallido de electricidad y empezó a respirar con dificultad.

El viento que mecía el árbol de zapote parecía haberse detenido. Las hojas. Las ramas. Aylana. Todo estaba quieto. Como si *El Mundo* hubiera decidido frenar de repente. O como si ella viera sólo una fracción del tiempo.

La tarde soleada empezó a presentar sombras alargadas. Sí había movimiento, pues de repente Aylana avanzó como corriendo hacia la casa. Airis la vio y quiso ir a su encuentro. Salirse por la ventana y abrazar a su querida hija. En la mano derecha de esta vio un zapote domingo. En la otra mano traía una varita proveniente de una rama del árbol. La vieja vaca estaba echada a su derecha. El gato montés a la izquierda. En lo alto, por el lado del gato, Airis vio un gavilán y a la misma altura ella pudo distinguir una sombra alargada y gigantesca. El árbol parecía enmarcar la escena. Aylana se le presentó como la carta *El Mundo*, el arcano

XXI. Tenía que ser ella. La felicidad que le inundó apaciguó su miedo.

El encanto no le duró mucho, pues de la nada apareció un perro. Un *xoloitzcuintle*[8] que se movía a velocidad normal al contrario de ellas dos. Parecía amenazante por su movimiento. Corrió detrás de Aylana, pero en su rostro se veía la nobleza de su raza. Llegando a la altura de la niña alzó sus patas delanteras y tocó con ellas su muslo derecho, como empujándola.

Esa imagen la había visto Airis en algún lugar. De repente logró moverse a velocidad normal. Se llevó una mano a su pecho para golpearlo y sacar un grito retenido. El perro actuó como el que aparecía en la carta de *El Loco*. Se levantó para ir a la ventana y por fin logró gritar:

—¡*Tlaltzin*!, detente, no te la lleves, no te la lleves.

El perro dejó de ser un perro. El niño detrás de Aylana parecía despertar. Sí, parecía un vagabundo, un *Loco*.

El viaje del Tarot inicia con *El Loco* y termina con *El Mundo*. Las combinaciones intermedias de arcanos podían ser numerosas. Airis tenía que averiguar su papel en esa especie de prueba. Saber cuál era su arcano.

El recorrido principiaba. La partida se estaba echando y ellos eran parte de ella.

Los niños desaparecieron ante sus ojos.

El Ermitaño, que por años había vigilado, sonreía de manera abierta. *La Rueda de la Fortuna* empezó a girar. Confiaba en que Airis podría descifrar lo que estaba por ocurrir.

—¿Dónde estamos? —preguntó Aylana.

La cueva parecía estar cubierta de arena volcánica. El espacio tenía alguna especie de luminiscencia grisácea. El brillo se asemejaba a las partes oscuras de la luna que forman la figura de un conejo. No se vislumbraba una salida.

—¿Dónde estamos? —repitió Aylana.

—¡Ah! ¡Ah! ¡Ah! —gritó *Tlaltzin* con una voz ronca no propia de un niño de su edad. Aunque nadie sabía en realidad cuál era. Ni él.

—¡Ay! ¿Por qué gritas así? —le dijo Aylana con las manos puestas en sus oídos.

Tlaltzin parecía ido, como si no tuviera dirección. La sombra de algo que giraba lo tenía hipnotizado.

9

Airis tomó la fruta que dejó caer su hija al desaparecer. Le encajó las uñas. El fruto que de manera normal era muy duro para partir con las manos, cedió casi de inmediato. No tenía hueso. Sólo quedaba una cáscara, la cual protegía el tesoro por el que decidió dejar su vida nómada y asentarse en ese pueblo.

Una carta enrollada se abrió como una flor al despertar con la luz del sol. Un arcano se reveló ante ella. Tenía algunas gotas de sangre sobre la figura y al reverso. Sus otras cartas, los arcanos menores que traía en el bolsillo de su falda, vibraban. Los sacó. Puso encima de su mazo la carta del fruto. Dio un grito que le pareció eterno. Y casi lo fue. El tiempo se había ido. Los últimos rayos del sol desaparecieron. Una sombra cubría el entorno, la sombra de "El Encanto".

El grito de dolor y de desprendimiento de vida que emitía no provenía de su voz, pues era el eco de un recuerdo, de una madre que murió sin poder despedirse de su hija. Los vestigios de su alma se impregnaron en las cartas por medio de su sangre.

Siria, "La Hungarita", renunció a las cartas ya de adulta. Ella sabía que debía reunirlas con las otras, por lo que las sembró junto a las raíces del árbol de zapote domingo, pues este le había dicho a su marido Felipe que las cuidaría, para dejarlas salir cuando fuera necesaria su presencia. El árbol las asimiló y ahora las ofrecía como fruto.

Airis vio en su mente todo esto. Ese era el sueño que tuvo la primera vez que pasó una noche junto al árbol. Lo recordó. Sólo que no tenía idea de cuál era en ese instante la razón. Sólo podía pensar en Aylana y en *Tlaltzin*, a quien ya veía como un hijo.

—¿Dónde está mi hija? ¿Dónde están mis hijos? —logró articular Airis al perder la voz de su antepasado.

Un zapote cayó. Se apresuró a recogerlo. Le enterró las uñas. Al dividirlo se mostró igual que el anterior, sin semilla, con una carta enrollada que empezó a mostrarse. Antes de poder verla un rayo cayó sobre la segunda loma. En la parte de atrás de esta, la hierba que ocultaba la entrada a la cueva se quemaba muy lento. Airis a pesar de estar deslumbrada sin poder ver la carta, supo que se trataba de *La Mansión Dios*. La segunda loma la simbolizaba en su totalidad, pues el rayo la abría como en la carta, así como en ella aparecían dos personas que caían: Aylana y *Tlaltzin*, quienes fueron arrastrados ahí por las presencias que se ocultaban dentro.

«Tengo que seguirlos, tengo que entrar y rescatarlos», pensó. Trató de respirar para tomar valor. Iba a empezar a bajar cuando un zapote casi le pega en la cara. Lo recogió y lo abrió. La carta en el interior emergió, entonces una lámpara la iluminó y Airis se percató de que la noche había llegado por completo.

La luz del quinqué no la dejaba ver el rostro del portador. Intentando saber la identidad olvidó la carta. El zapote y la carta ya no estaban en sus manos.

El Ermitaño elevó la luz a su cara y con la otra le mostró la carta.

—Yo soy un *anakmosatlani*, *El Ermitaño*. Y fui el *tlachixki*. En tu lengua sería *El Mago*. Este viaje empieza con *El Loco*, pero en tus cartas, *El Mago* es el número I. Yo estuve aquí antes que todos, aguardé y me convertí en quien soy ahora —con un movimiento extraño de sus dedos la carta desapareció y surgió otro zapote que se abrió solo. La carta de *El Mago* se mostró.

90

El gesto interrogativo habló más que su boca que se esforzaba por decir algo.

—Antes de continuar debe averiguar quién es usted en esta prueba —*El Ermitaño* desapareció la carta del *Mago* y le entregó otro zapote que salió también de entre sus dedos.

A pesar de todas las interrogaciones, ella guardó silencio y lo abrió. Miró la carta sin comprender del todo.

—Sí, es usted. ¿Qué esperaba? ¿Una bruja? —*La Papisa* se descubrió ante ella—. En el Tarot no hay brujas. Usted es una *cihuateopixque*, una sacerdotisa. Ande, deje de temblar, también va a necesitar esto —le entregó otro zapote.

—¿Usted sabía que las cartas de mi familia estuvieron ocultas aquí por años? —por fin pudo hablar.

—Sí, yo las vigilé, así como vigilé estas lomas. Ahora las puertas del Encanto están abiertas. Apúrese a abrir el zapote. Es necesario.

—¿De dónde los saca?

—Del suelo. Con el zapote que recogió su hija empezaron a caer los demás. No los saco de la nada. Soy un *Mago*, por eso pasan de ahí a mi mano.

Ella no dijo más y abrió el zapote. *La Fuerza* apareció. *El Ermitaño* le entregó las cartas de *El Mago* y *El Ermitaño*. Las guardó en otro bolsillo de su falda, aparte de *El Loco* y los arcanos menores. Un zapote más rodó a sus pies.

—Yo no fui esta vez —dijo *El Ermitaño*—. Ya no puedo intervenir más, luego de este zapote usted tendrá que elegir.

Ella lo recogió. Sin hacer esfuerzo alguno solita se abrió la fruta. La carta X apareció. *La Rueda de la Fortuna*. La misma que Aylana y *Tlaltzin* vieron como una sombra y de la que huyeron.

El arcano parecía vivo. La imagen que debía estar estática giraba, mientras dos criaturas la hacían moverse y una especie de demonio bailaba en la parte alta.

—Debemos apurarnos si queremos salvarlos. La Rueda se ha puesto a girar —le dijo *El Ermitaño*.

Airis tomó el camino a la cueva y él la detuvo.

—No. No vaya. Ese viaje es de ellos, nosotros los ayudaremos desde aquí. Hay que obtener más cartas. Y usted debe aceptar su naturaleza. Es *La Papisa*. Use *La Fuerza* para tener pronto *La Templanza*, porque sólo ella podrá salvarlos.

—¿Cómo? ¿Cómo? —comenzó a llorar.

—Las cartas, tiene que seguir descubriéndolas. Ya la ayudé con unas. Sea sabia. Escoja. Y escoja bien, porque si aparece *El Diablo* liberará a la bestia que quiere utilizarlos.

Airis caminó al tronco del árbol. Puso la palma de su mano derecha en él. Las líneas de su mano parecían encajar con la rugosidad de la corteza. Un viento sopló. En lo alto de las ramas se dejó escuchar un ruido.

—Por favor ayúdame a salvarlos —musitó.

Un bulto cayó de lo alto. Ella quiso huir y gritar. En una fracción de segundo recordó que entre las cartas tenía *La Fuerza*, con lo que tuvo el valor de permanecer.

Un ser con vestiduras de manta, huaraches, un sombrero en la mano derecha y un zapote en la izquierda quedó frente a ella. El tipo estaba de cabeza. Era *El Colgado*, el único que tenía los secretos del lugar detrás de la Tierra, o como le llamaban algunos ancianos: El Encanto.

—¡No se para, no se para! —gritó el niño.

—¡¿Qué?! —le dijo Aylana desesperada.

—La rueda, la rueda —señaló y Aylana la distinguió.

La sombra que giraba no le dio tanto miedo como la de algo que bailaba encima de ella. Un ruido de tambores se dejó escuchar. Se encontraban atrapados. Su única alternativa era recorrer un camino que descendía. Corrieron. La sombra parecía seguirlos. Ninguno se atrevió a voltear.

Se adentraron más y más. Sólo *La Papisa* los podía ayudar.

11

—¿Quién eres? —preguntó Airis al tipo frente a ellos.

—Hace tiempo en este mismo lugar yo fui llamado *El Loco*. Ya tuve mi viaje y tuve a mi *Papisa* pa ayudarme. Ahora soy *El Colgado* —respondió con seriedad el hombre con rasgos indígenas, de piel blanca y ojos café claros.

—Por favor, dime tu identidad, ¿eres amigo o enemigo? —unas lágrimas rodaron en el rostro de la gitana.

Las luces del quinqué de *El Ermitaño* iluminaron de cerca a esa persona. *El Colgado* pareció no inmutarse.

—En vida me llamaron Felipe. Yo soy amigo de este árbol, estamos unidos y por medio de sus raíces me deja salir de vez en cuando, aunque tampoco puedo desprenderme de él. Ya no veo *El Mundo* como antes, por eso ahora soy *El Colgado*. De allá de donde vengo, mi esposa te manda saludos. Tú serías como nuestra sobrina.

Airis se llevó una mano a la boca. ¿Era posible? Todo lo era en esa noche que transcurría con mucha lentitud, sólo que ella ya se había acostumbrado, por eso parecía moverse de manera normal.

—¿Eres el esposo de Siria? ¿Tú eres Felipe?

—Pa servirte, sobrina —él hizo una especie de reverencia con su sombrero y le entregó el zapote domingo que tenía en su mano izquierda.

Ella lo abrió. La carta de *El Colgado* se descubrió. Sus labios mostraron una leve alegría. La presencia de su tío político le había dado nuevas esperanzas. Las cuales sintió desaparecer cuando él tomó una fruta cercana y se la entregó diciéndole:

—Siento mucho tener que darte este mensaje.

Airis tomó la fruta con una punzada en su corazón. Se detuvo para abrirla y lo miró una vez más como a la espera de la resolución de sus dudas. Él leyó su pensamiento y le respondió:

—Siria es ahora guardiana de una de las puertas del Encanto. Yo la seguí. Ella no puede desprenderse de ese sitio hasta que alguien de nuestra sangre ocupe su lugar. El Encanto no es bueno ni malo, "sólo es". Los perversos lo han contaminado. Por eso los antiguos Olmecas cerraron la puerta que estaba aquí. Todo lo que salga de la entrada de la segunda loma lleva la maldad. A menos que vuelva a nacer y se purifique.

El anciano *Ermitaño* miraba fijo a Felipe. Este se percató de ello y se dirigió a él:

—Gracias por cuidar la entrada.

—Nada de gracias. Yo sólo dejé que todo pasara como debía pasar. Hay cosas inevitables, como la figura que está en el zapote que le acabas de dar a *La Papisa*.

Ella se apresuró a abrir la fruta. La carta se desenrolló sin prisas. Lo primero que vio en ella fueron dos cabezas cortadas con una guadaña, ambas lucían coronas. El número XIII se dejó ver, era el arcano sin nombre, el que todos relacionan con la muerte, sin saber que su significado principal es el de la transformación.

Los niños descendían. La luminiscencia grisácea que emanaba de las paredes no los dejaba ver mucho.

Aylana iba detrás de *Tlaltzin*. Este se detuvo, lo que provocó que chocara con él. Apenas lo movió, era como si su peso no correspondiera al tamaño de su cuerpo. El impacto la lanzó hacia atrás. Cayó sentada sin lastimarse. Iba a decirle algo a *Tlaltzin*, cuando escucharon una voz.

—*Caputzihi*. Te escapaste. Tú no debías irte. No debiste regresar a *Tlaltzintlan* antes de tiempo.

—Yo no sé qué es *Tlaltzintlan*. Yo no sé quién eres tú —respondió el niño que por fuera se mantenía firme, mientras su interior temblaba.

Aylana lo tomó de la mano sintiendo un sudor frío que la heló. La niña logró distinguir la figura de un cráneo que hablaba con su amigo. Quiso decir algo a *Tlaltzin* y su voz se ahogó. Intentó pedir auxilio y su garganta le volvió a dar una mala pasada. Se sentía impotente. No tenía idea de si podrían regresar o si había otro camino por el cual pudieran escapar.

—Te llegó el olvido, pero recordarás todo. Y dejarás de temerme, yo soy el menor de tus problemas —la sombra del cráneo seguía explicándole a *Tlaltzin*—. *Tlaltzintlan* es el lugar detrás de la tierra, El Encanto; de donde tendrás que salir, ya no por la boca del infierno como hace unos años, sino por la parte más pura que aún queda en estas tierras.

Aylana lloraba en silencio. La sombra cadavérica le aterrorizaba. Deseaba huir, sólo que no quería dejar a su amigo con ese ser. «¿Qué hago?», pensó. Unas dulces palabras le llegaron a su oído. Era su mamá quien le hablaba.

13

—Tiene la carta de *La Fuerza*. Mándele su fuerza a la niña —dijo *El Ermitaño*.

—¿Cómo? —preguntó mientras veía el rostro de *El Colgado*.

—Así como convocó a Felipe —le respondió el viejo.

Entonces Airis supo qué hacer. Con su mano derecha tocó la corteza del árbol. Con la izquierda puso la carta de *La Fuerza* en el tronco y dirigió unas palabras a su hija.

Al terminar miró a sus dos compañeros. *El Ermitaño* le sonrió por primera vez mostrándole su dentadura amarilla y desgastada.

—Lo ha hecho bien. De todas formas, esta noche será muy larga y quizás dure más de un año…

14

—Soy una gitana. Soy *El Mundo*. *El Loco* es mi amigo. Déjalo en paz —gritó Aylana a la sombra de la calavera. *La Fuerza* de su interior se despertó gracias a que escuchó a su mamá alentándola. En ese momento supo que no estaban solos.

Se levantó y tomó la mano de su amigo y lo jaló, dejaron atrás al que en culturas antiguas llamaban *Mictlantecuhtli*.

Corrieron hacia unas pequeñas luces que en lo alto de la cueva aparecieron como estrellas. A sus pies corría agua.

15

El tiempo en El Encanto era distinto al del exterior. Transcurría con otra sincronía. El día no llegaría hasta que el misterio fuera resuelto y el viaje del *Loco* terminara de nuevo con *El Mundo*.

El Ermitaño, *La Papisa* y *El Colgado*, no estaban en la realidad habitual de los humanos, aunque se le asemejara. La Tierra es un pobre reflejo de El Encanto. Sólo que el Inframundo lo contaminó, por lo que no podían ver su auténtico esplendor.

Detrás de la casa del *Ermitaño*, a unos cien metros abajo, se encontraba el río Tecolapa. Airis llevaba consigo un par de cántaros. Con la luz de *El Ermitaño* pudo distinguir una parte no tan profunda de la orilla. Se descalzó. Llenó los recipientes y con el agua de uno de ellos mojó una de las frutas de zapote domingo que llevaba consigo.

Antes de ir ahí cayeron varias. *El Colgado* le dijo:

—Sé sabia, *Papisa*. Tu sabiduría está gestando un camino de regreso para los niños, sin embargo, aún con sabiduría, nuestros miedos o precipitaciones nos pueden hacer errar.

Ella miró al cielo en busca de la respuesta. Una estrella de luz fija empezó a titilar de pronto. Dirigió la vista a donde parecía apuntar. A sus pies un zapote esperaba ser recogido. Lo levantó. A diferencia de los demás no lo pudo abrir.

—Necesita agua —le dijo *El Ermitaño*—. Vamos pa el río. Y jálese sus cántaros, si es lo que creo, serán parte de un rito —ella le hizo caso y se dirigió a su casa. Tropezó con otro zapote antes de llegar y creyó que era una señal. Se lo llevó junto con el otro.

Lo que Airis hizo en el río fue una representación de la carta *La Estrella*, en cuya lámina una mujer parece alimentar un caudal con un par de cántaros, mientras ocho estrellas brillan en lo alto; al fondo, la silueta de un ave se posa en un matorral.

El arcano se mostró cuando la fruta fue tocada por el agua y se abrió por sí misma. Así como las estrellas encima de Airis, Aylana las vio y las siguió. Desde la antigüedad las estrellas han sido las guías de los viajeros nocturnos.

Aylana y *Tlaltzin* miraban las estrellas y sentían la corriente en sus pies mojados. Un colibrí apareció. Voló delante de ellos, invitando a que lo siguieran, y así lo hicieron sin tener noción del tiempo.

La cueva terminó y el niño vio con terror la gran bola blanca que iluminaba una clase de valle desolado, un lugar de muertos. La corriente de agua en la que aún tenían sus pies metidos, desembocaba en una especie de laguna de aguas negras. Parecía más un mar, puesto que no se alcanzaban a ver sus bordes o su otro lado. Un cangrejo emergió de ella. *Tlaltzin* empezó a aullar. La luz grisácea se opacó ante la aparición de *La Luna*.

Con pánico, Aylana vio cómo la mano que tomaba se convertía en una pata. Su amigo se había transformado en un perro.

En las culturas antiguas algunos niños nacían con un nahual guardián, un animal que los protegía y que usaba su cuerpo para proyectarse, o lo adquirían mediante un rito, como al que *Tlaltzin* fue sometido en una vida anterior.

100 El tatuaje en su pecho representaba a un guerrero visto de perfil, en la ceremonia del *Caputzihi*, vestido con una túnica adornada con plumas y muchos listones como colas. Cubría su cabeza con un penacho y empuñaba un báculo. Frente a él, un *Teopixki* o sacerdote lo consagraba para volver a la vida y tener un nahual guardián.

Su proceso de purificación por El Encanto se interrumpió al retirar la lápida que cubría la salida para su renacer, pues se abrió antes de tiempo. Emergió como un niño indefenso, sin memoria, ni recuerdos. Sólo su nahual podía mantenerlo con vida, para que llegado el momento terminara su recorrido.

Cuando se convertía en un perro *xoloitzcuintle* —sin saberlo—, le era más fácil encontrar alimento para su cuerpo. Él, que fue un noble Olmeca, avatar de una deidad, cayó en desgracia y regresó a la vida como un vagabundo, como *El Loco*.

—No, no *Tlaltzin*, vuelve a ser tú —le dijo Aylana.

El perro le lamió la mano, que ya no era mano, sino una pata. Con lo último de su razonamiento, Aylana supo que igual que su amigo, un nahual se le había despertado con la representación del arcano XVIII, *La Luna*, en cuya lámina emergía un cangrejo y dos caninos reverenciaban al astro, el cual los Olmecas conocieron como *Meztli*.

Ambos dejaron de tener razonamiento, para ir por ese mundo sólo con sus instintos.

XVIII

LA·LUNE

17

En el río, Airis había abierto la segunda fruta. La luz amarilla del quinqué tomó una tonalidad plateada. En lo alto, entre oscuras nubes, apareció *La Luna* llena. *El Ermitaño* movió la cabeza negativamente.

—Se equivocó. Con este arcano hizo salir a *Meztli* y los convirtió en puro instinto. De seguro se despertó el nahual de *Caputzihi*. Y su hija, como niña que es, está entregada a *La Luna*. Su poder debe haber imitado a *Caputzihi*. Hay que seguir guiándoles. Regresemos al árbol.

«¿Qué he hecho?», se dijo. Dejó los cántaros aún con agua en la orilla del río y comenzó avanzar junto con el anciano, mientras restregaba sus ojos deslumbrados por la luz repentina.

—¿Quién es *Caputzihi*? —preguntó cuando por fin pudo razonar sobre la mención de ese nombre.

—Al que usted llama *Tlaltzin*. *Caputzihi* quiere decir: nacer de nuevo.

18

Aylana y *Tlaltzin* corrieron hacia la laguna convertidos en *xoloitzcuintles*. Aminoraron sus pasos al estar en la orilla. Aylana intentó beber agua. *Tlaltzin* le gruñó. Al ver que no se detenía le tuvo que ladrar con agresividad.

Esas aguas negras, indistinguibles sin la luz lunar, eran el *Apanhuiayo*, el paso previo al *Mictlán* o Inframundo, uno de los límites con El Encanto. Quien sacia su sed con esas aguas se queda dormido para siempre sin trascender. *Tlaltzin* lo sabía mejor que nadie. Por muchos años habitó ahí, antes de que la contaminación se expandiera más allá de esas aguas.

El Señor de la Oscuridad derrocó a *Mictlantecuhtli*, desterrándolo a El Encanto, lo que provocó un desequilibrio, el cual paró Siria con los arcanos mayores, cuando retuvo las deidades prehispánicas involucradas, buenas y malas. Las encadenó con un rito al ver la fragilidad en la que estaban los sellos que dejaron los antiguos Olmecas, esto por el paso del tiempo, el abandono de las costumbres y la ignorancia que causó la conquista de los españoles.

Aylana no le devolvió los ladridos a *Tlaltzin*. Algo se despertó en ella, no había olvidado del todo que era gitana como su mamá, y que ella les estaba brindando ayuda en ese recorrido.

Aulló una vez más a *La Luna*. *Tlaltzin* la imitó. Su aullido era lastimero, al contrario del de Aylana, que sonaba a una súplica esperanzada.

Una especie de lagarto se acercó a las orillas. *Tlaltzin* gruñó. Al tenerlo cerca lo pudieron vislumbrar. Era enorme, con un ancho de cuatro metros y un largo que no se podía precisar, porque ocultaba su cola en el agua. Sus ojos rojos observaban a los dos perros.

La criatura sabía que *Tlaltzin* tenía un protector, así que actuó rápido. Aylana quiso huir, no obstante, al ver a su amigo firme, se puso tras de él y le mordió la cola para hacerlo reaccionar. Fue tarde, ese animal-dios, llamado *Xochitónal*, arrojó agua a los perros con su cola, cuyo contacto en la piel no era mortal, pero les hizo dormir.

19

En el árbol de zapote domingo, Felipe, El Colgado, los esperaba. *El Ermitaño* y *La Papisa* llegaron en busca de algún otro zapote en el suelo, para descubrir una carta con la cual ampararse. No había ninguno.

—Este árbol me une al Encanto —dijo Felipe—. El *Mictlán* está contaminando todo. Con el poder mal utilizado de la luz y la oscuridad en los niños, puede que se queden ahí pa siempre.

Airis suspiró. Quería llorar. Miró a Felipe suplicante. Él le leyó la mente.

—Mi mujer, Siria, no puede hacer nada. Desde la puerta que cuida junto con los chaneques, trata de que El *Mictlán* no les llegue. Si el Oscuro se desata, podría manipular todo pa poder salir en El *Carro*, jalado por dos perros, unos *xoloitzcuintles*.

—¿Por qué Siria unió los arcanos al Encanto? Parece que sus criaturas ayudan a lo Oscuro en lugar de detenerlo.

—No lo entiendes todavía, sobrina. Ella sembró las cartas aquí para dar una esperanza. Las cartas se han fortalecido. Esto tenía que pasar, nomás que no creímos que fuera tan pronto.

—Pero las cartas tienen arcanos negros, malos —le dijo Airis desesperada.

—No, no, sobrina, nada es malo por completo. El Tarot es un viaje, dependiendo de cómo aparezcan es el significado que tendrán. Todo pasa por algo. Cada que tomas una fruta, tú decides, aunque no sepas qué va a ocurrir. Calma tu miedo, porque puedes elegir mal, muy mal.

Bajó su mirada. El *Ermitaño* le acercó el quinqué que seguía despidiendo luz plateada y lunar.

—De prisa. Se nos va el tiempo —le dijo el viejo.

Airis alzó su mano y alcanzó la de Felipe.

—Ayúdame, tío, ayúdame a subir.

Él la impulsó para elevarla a las ramas más altas, las que estaban a más de veinte metros del suelo. Logró afianzarse a una. Trepó el trecho que le faltaba, con la dificultad de hacerlo con una falda larga. Buscó entre los zapotes que le quedaban al árbol. Eran once. «¿Cuál, cuál?», se dijo. Agarró uno unido a otro. Escuchó dos aullidos consecutivos. El primero le dio esperanza. Iba a jalar el zapote cuando escuchó otro aullido, el cual le hizo sentir una punzada en el corazón. Desprendió ambos y se cayó. Su cuerpo se golpeó con las ramas, las cuales amortiguaron su caída. Felipe la atrapó y la descendió despacio.

Se desmayó. Al despertar, El *Ermitaño* estaba al pie de ella iluminando su cara. Este movió la cabeza diciendo que no. Le dio la mano mostrándole la carta oculta en uno de los zapotes.

—Dejaste que el miedo te iluminara. Está cabrón esto. Los acabas de entregar a El *Diablo*…

Ambos perros cayeron con sus lenguas de fuera. *Xochitónal* los había subido a su lomo y los transportó al otro lado, al verdadero Inframundo. El gigantesco reptil hizo una reverencia a la oscuridad que estaba enfrente y se alejó.

Los perros fueron atados por sus cuellos. Regresaron a su forma humana mientras seguían inconscientes. Sin embargo, conservaron rasgos animales, como la cola, las orejas y las garras.

Tlaltzin gruñó. Su humanidad no había terminado de despertar. Aylana miró fijo en la oscuridad e intentó adivinar qué era lo que los veía.

—Gracias por traerme la luz para salir de aquí —dijo una voz que parecía emerger de alguna cueva, ahogada, gutural y con un silbido—. Ustedes jalarán el barco que me sacará de aquí. *Caputzihi*, usaré tu poder para nacer de nuevo. La maduración de los arcanos me ha dado la oportunidad para lograr lo que he esperado por siglos. Esa gitana Siria creyó que con su brujería me retendría. Ahora su heredera ha hecho todo mal, me ha dado la fuerza para volver.

104   —¿Quién eres? —preguntó Aylana desesperada.

—Ah, ser de oscuridad, te ha llegado la razón a pesar de que no dejé que regresaras a tu forma por completo.

—Yo no soy un ser de oscuridad. Yo soy *El Mundo* —dijo la niña con un rostro de puchero y una voz chillona por el enojo que sentía.

—Ja, ja, ja, ja, ja, ja, ja, ja, ja. Pobre niña. Te crees un ser de luz. Eres lunar. Eres oscuridad. Como tu mamá. Por un momento fuiste *El Mundo*, pero este *Loco* te trajo aquí a donde perteneces, conmigo. Es la luz de *Caputzihi* la que me guiará por las aguas negras del *Apanhuiayo*. Él no lo recuerda, pero hace mucho cruzó esta laguna y regresó a la puerta que fue cubierta con una estela. Los estúpidos herederos de *Tlaltzintlan* en su codicia la retiraron antes de que él se hiciera adulto de nuevo y tuviera el poder de cerrar la entrada. Yo he aprovechado la situación.

—Soy *El Mundo* —dijo Aylana ya sin convicción, con su voz apagada.

—Y yo soy *Tlazoltéotl*, o *El Diablo*, o el Señor de la Oscuridad. Los humanos me han dado muchos nombres.

El ser salió de la penumbra que lo cubría. En su mirada se veía la locura. Su cuerpo desnudo era una ambigüedad sexual. Sus extremidades eran garras. Tenía cuernos, los cuales no se podían distinguir si salían de su cabeza o de la especie de casco que la cubría. En su vientre, oculto por pliegues en su piel, un rostro apacible y con expresión perdida se asomó con la lengua de fuera. En su mano izquierda tenía una vara, la misma con la que ingresó Aylana a la parte contaminada de El Encanto, la que hizo con una rama caída del árbol de zapote domingo y que creía haber perdido.

21

—Cuando fui *tlachixki, El Mago,* escondí mi varita en el árbol de zapote domingo, así como lo hizo Siria con las cartas, la misma que encontró su hija —le contó *El Ermitaño* a Airis—. *El Mago* siempre hereda su varita a *El Mundo.* Al hacerlo se convierte en *El Ermitaño.* Si la varita cae en las manos del Oscuro, este podrá dominar la penumbra de *El Mundo,* y la usará junto con la luz para escapar. Si sale de allá abajo para acá, no volveremos a ver un amanecer.

—¿A dónde se fueron los Olmecas?, ¿por qué no se quedaron para cuidar las entradas al Encanto y al Inframundo? —preguntó Airis.

—Algunos se sacrificaron para sellarlas, menos las del Encanto, que son las que mantienen viva a la Tierra. Yo me quedé pa cuidar los sellos. Sólo que hay cosas inevitables. La ambición destapó la tumba de *Caputzihi.* Lo dejé ir porque salió inocente, y porque esperaba que de grande recordara que había que cerrar la puerta. Pero los de abajo despertaron junto con él, se debilitó el encantamiento de los arcanos, y usted, como *La Papisa,* es su misión devolvernos *El Mundo.* Venza su miedo, use *La Fuerza,* sino el próximo aullido nos llevará a *El Juicio* y El Diablo tendrá el poder de manejarlo a su antojo.

Airis se sentía abrumada con tantas explicaciones. Hacía unas "horas" ella estaba en su casa con los arcanos menores, sin imaginarse que recobrar los mayores iba a poner en juego no sólo su existencia, sino la de todo.

—Nos vamos —dijo *El Diablo*—. Tengo todo preparado para salir de aquí. *Xochitónal* —gritó y el ser reptil emergió de la laguna.

—Usted dirá, amo.

—Ya sabes lo que tienes que hacer —le contestó la voz que emergía de la cara del vientre.

Entonces *Xochitónal* se acercó a ambos niños y los escupió en el rostro.

—Está hecho —dijo y le dio la espalda para que *El Diablo* montara en él.

Jaló a los niños. Estos no pudieron ofrecer resistencia a la fuerza de *El Diablo.*

—Él será *El Carro* —se refirió a *Xochitónal*— y ustedes mis caballos.

—Y nosotros para qué, si este lo puede llevar —lo enfrentó Aylana con una ira en su voz, la cual nunca había experimentado. Empezaba a emerger una oscuridad en ella.

El Diablo sonrió con su rostro superior, el cual babeaba y no dejaba de hacer bizcos. Era lo que deseaba, que Aylana se hundiera en su furia y así tener luz y oscuridad para cruzar la laguna. *Tlaltzin* seguía actuando como un animalito. Asustado. Dócil. Con su mente retenida manifestaba una inocencia que le servía de luz al *Diablo*.

—Niña idiota. Si eso fuera posible hace mucho que me hubiera escapado.

—Nos dormiremos al tocar el agua y no podrás avanzar. La beberé para morir antes de seguir.

Aylana corrió. Llegó al tope de la cuerda que la ataba al cuello. Sus pies ya habían tocado la laguna. Se dejó caer y bebió hasta sentir que se saciaba. La risa de *El Diablo* sonó gangosa y aguda por las babas de su boca.

—*Xochitónal* los ha bendecido. Estas aguas no los matarán, no los dormirán. Están atados a mí y nada ni nadie los protegerá.

La niña vomitó el agua negra. Lloró y sus lágrimas eran oscuras. Se asustó.

—Mami, ¿nos abandonaste? —dijo muy quedo, con su corazón oprimido y con el deseo de meter su rostro en el agua para ver si podía suicidarse. Lo iba a intentar. Algo le decía que tampoco serviría.

Se levantó. Miró al ser de pies a cabeza. Deseó que todo acabara pronto. Pensó en sus amigos la vaca y el gato montés. Se preguntó por su paradero, si se habían quedado en la loma o si estaban ahí con ellos, perdidos en algún rincón entre El Encanto y el Inframundo.

—¿Qué esperamos? Ya quiero que esto acabe —le dijo Aylana.

—A que *La Papisa* active *El Carro*. A que elija con sus entrañas y con el miedo, así como hizo para liberarme de las cuerdas que me ataban y que ahora son las suyas. No desesperes, no tarda en pasar. Al fin y al cabo, tu madre no es Siria, y ella no puede encadenarme ya.

23

—Sólo un ser puede ayudarlos —le decía *El Ermitaño* a Airis—. Todo va a una carta. Tienes el libro en tus manos, elige bien.

Airis sentía su cabeza estallar, con sus pedazos dispersos por todo lo alto y bajo de la loma. ¿A qué libro se refería *El Ermitaño*? Era cierto que la figura de *La Papisa* tenía un libro abierto, sólo que ella no sabía cuál era en su realidad.

Metió sus manos a los bolsillos de su larga falda. Pensó en sus ancestros, en los años que pasó aprendiendo con dibujos el significado de los arcanos mayores. Los arcanos menores los conocía a la perfección, no tenían secretos para ella, al menos eso creía, eran un libro abierto...

En ese momento obtuvo la respuesta. La sensación de volver a estar moviéndose a otra velocidad diferente a la de la realidad le llegó. Apretó su puño derecho y sintió las cartas que llevaba recolectadas. Apretó su puño izquierdo donde tenía los arcanos menores. El Tarot era su libro.

No tenía por qué seguir separándolas. Las sacó y las juntó. Por un momento volvió a ver la luz en la loma. El atardecer del cual partió. El calor acarició su piel y tembló por la humedad que se disipaba con este.

La vaca y el gato montés la vieron y le hablaron como hacían con Aylana. Estaban preocupados por su amiga.

—Esperen por favor. Ella regresará. Yo la haré regresar —les dijo conmovida por esos seres con poca mente, pero llenos de instinto protector y amor para su hija.

Barajó las cartas y regresó a la oscuridad. *El Colgado* y *El Ermitaño* la observaban. Sacó una carta. Salió *El Caballo de Copas*. Escogió otra. *La Reina de Bastos* apareció. Se acercó al árbol y puso las cartas en la corteza.

—Que la fuerza de estos arcanos bendiga a mis niños. Oh, caballero de copas, rompe con tu amor el instinto duro del basto, que ella sepa equilibrarse para que no se hunda en lo oscuro.

Al terminar, vio el fruto que había tomado junto con el que contenía al *Diablo*, el que el miedo no le permitió elegir. Se preguntó si sería el correcto.

—Las cartas no elegirán, pero la pueden orientar —le dijo *El Ermitaño*.

Revolvió otra vez las cartas. Cerró sus ojos y sacó una. El *As de Copas*. Puso sus manos en su corazón. Las espadas simbolizan la mente. Los bastos el instinto. Los oros el azar y lo material. Y las copas: el amor. Vio a lo alto del árbol. Tuvo pánico. Agachó la mirada. Vio el zapote caído. El corazón parecía latirle como si estuviera sumergido en agua. Burbujas de luz llegaron a su mente. Recogió la fruta. La abrió con dificultad. Sonrió al ver el arcano.

—Casi lo olvido. Por lo regular el bien y el mal siempre están unidos para luchar entre sí. *Tlaltzin*, Aylana, la ayuda va en camino…

El ángel de *La Templanza* se había despertado.

Tlaltzin seguía sin poder hablar. Se acercó a su amiga. Le tomó su garra y la lamió. Aylana puso cara de asco y lo abofeteó.

—Esto es por tu culpa. Yo no debería estar aquí. Ya no te quiero, ni a ti ni a mi mamá. Yo sólo quería tener un amigo, no un perro como tú —el rencor de la niña crecía y la sumergía más en la oscuridad.

Tlaltzin intentó abrazarla. *El Diablo* jaló la cuerda para alejarlo de ella. Él gruñó y emitió un lamento canino por el rechazo de su amiga. Aulló a *Meztli*. *La Luna* lo iluminó como si esta supiera de su dolor. Sintió una especie de corriente líquida derramada sobre él, una copa de amor. Hizo un esfuerzo y su mente logró articular un mensaje que apenas y pudo dejar salir de su boca:

—Te quie-ro... per-dó-na-me.

Aylana, que le daba la espalda, escuchó esas palabras y volteó a verlo. Soltó un poco la dureza con la cual se había revestido y se acercó a *Tlaltzin* para abrazarlo.

El Diablo jaló sus cuerdas y los separó. En el centro que se formó entre ellos alguien aterrizó.

—Saludos *Caputzihi*. Soy tu ángel guardián. Perdóname por dejarte sólo tantos años. Cuando *El Diablo* se apoderó del Inframundo logró expulsarme. Hoy, *La Papisa,* me brindo la fuerza para regresar gracias a uno de sus arcanos mayores. Seguí tus lamentos y por medio de *Meztli* penetré El Encanto para llegar aquí contigo.

—*Xólotl* —dijo *Tlaltzin*, quien recuperó su habla normal.

—Sí, estoy aquí por ti —le dijo al niño—. Soy la representación de *La Templanza* y también el dios de los espíritus y de los gemelos, no sólo de sangre, sino del alma —el ser con cabeza de perro, cuerpo humano y alas, le dirigió a Aylana esas últimas palabras.

La niña comenzó a llorar. Sus lágrimas negras se fueron volviendo grisáceas hasta que salieron transparentes.

Xólotl traía en sus manos dos cántaros, los mismos que despertaron a *La Estrella*. El agua cristalina del río Tecolapa estaba en ellos, la cual derramó en las cuerdas disolviéndolas. Los niños se colocaron detrás de él.

El Diablo se abalanzó hasta la deidad. Y se enfrascaron en una lucha que podía ser eterna, pues ambos eran inmortales.

Xochitónal quería intervenir, sólo que su poder se limitaba a las orillas de la laguna.

Los niños se abrazaron. *Tlaltzin* volvió a lamer la mano de Aylana. Ella le agarró la cabeza y no lo dejó seguir. Le dio un beso en la mejilla dándole las gracias.

Desde lejos vieron la pelea. Miraron la laguna sin saber si era prudente cruzarla y regresar por donde llegaron. *Xochitónal* los franqueó. Se sintieron inútiles.

—Mamá… —dijo Aylana con su alma apretada por haber dudado de ella.

Respiró mientras miraba a todas partes. En medio de esa angustia vio algo en los ojos de *Tlaltzin*. Con dificultad el niño le hizo saber que quería que fuera su esposa. Ella lo miró preocupada. Aylana era y se sentía una niña. No pensaba en matrimonio y menos en ese lugar.

—Tú y yo… nos conocimos. Tú… eres Olmeca, así como yo, eres *Xochiquétzal*[9].

Con esas palabras Aylana sintió un despertar interior, como si toda una existencia le llegara de golpe a su ser. Esos nuevos recuerdos —y viejos al mismo tiempo— le aparecieron en medio de un caos espiritual. Sólo algo tenía claro: amaba a *Caputzihi*. Ese nombre le dejó de parecer extraño.

Sus vistas estaban tan fijas que una atracción desconocida se despertó entre ellos. Sus rostros se acercaron, entonces desde esos cielos oscuros resonó el sonido de un caracol. Todo el Inframundo fue invadido por ese retumbar.

El Diablo y *Xólotl* dejaron de luchar.

—*El Juicio* ha llegado y no tienes poder sobre él. *La Justicia* está aquí. El Encanto estará libre de ti. *Mictlantecuhtli* volverá a reinar el lugar que le quitaste —le dijo *Xólotl* a *El Diablo*, mirando en lo alto a la deidad que descendía.

111

25

Airis tenía en sus manos el *As de Espadas* y el As de Bastos. Con ellas eligió dos frutas más, las cuales estaban pegadas como las anteriores. Intentó abrir una. No pudo. Buscó con su mirada a *El Colgado*. Este ya tenía en su mano una ocarina[10] con símbolos Olmecas.

—La Loma Grande guarda en su interior muchos vestigios de los antiguos. Te comparto este instrumento, se me hace que su música abrirá ese zapote.

Airis agarró la flauta de barro y la tocó sin éxito. Cerró los ojos y trató de recordar la música de los suyos, la música gitana.

Se la imaginó en su mente y dejó que sus dedos se movieran. Una melodía que pretendía ser dulce salió sin que lograra nada. Si era el arcano que imaginaba, los sonidos que debía emitir tenían que ser dos: uno largo y agudo y uno más corto y grave. Así lo hizo. El zapote se partió y la carta de *El Juicio* se desplegó.

Para la otra fruta, *El Ermitaño* le entregó un cuchillo que tenía oculto en el cinturón de su pantalón, y que su camisa no dejaba ver.

—Si es la carta que pienso, es necesario sacarla con ayuda de algo filoso, que representa la espada que porta el arcano. Use esta faca para partirlo.

—Podría dañarla—dijo Airis con preocupación.

—Ya debería saber que estas cartas son más que simple cartón. No tenga miedo, hágalo —le respondió con firmeza.

La gitana ensartó el cuchillo con reservas. Bordeó la fruta hasta que pudo separarla en dos mitades. *La Justicia* estaba frente a ella. De la emoción se dejó caer de rodillas. Unió ambas cartas al mazo. Su libro de *La Papisa* se completaba y sus niños se salvaban.

112

26

Ehécatl salió de la luz brillante de *La Luna*, representando el inicio del *Juicio*. Con sus dos manos tocó un caracol. El aire que salía de este le permitió descender con suavidad a medida que se acercaba al suelo. Su piel era blanca. Tenía barba y cabellos rubios. Su aparición arquetípica no tenía nada que ver con las anteriores que habían desfilado ante los ojos de los niños, sin embargo, vestía un tocado de plumas de quetzal, pulseras de oro con incrustaciones de jade y taparrabo verde agua con símbolos bordados. Si no fuera por sus vestiduras, Aylana hubiera jurado que era el Arcángel San Miguel, del cual su madre tenía estampitas.

La niña tembló al acercarse a él, mas no de miedo, sino de emoción. Quería tocarlo. El ser la miró y con el aura que despedía la hizo desistir.

Sin palabras y sin mover sus labios, de ese ser resonó una vibración, la cual cada quien sintió diferente.

«Aylana, soy la advocación de alguien superior, estoy aquí para *El Juicio*. Por fin *El Diablo* dejará de reinar donde no debe, aunque no por ello será derrotado. Algún día quizás vuelvas a enfrentarlo». La niña se arrodilló.

El Diablo trató de perderse en la oscuridad. *Xólotl* lo abrazó por detrás para que no huyera antes de que *La Justicia* apareciera. *Xochitónal* dejó de observar y se sumergió en las aguas.

Tlaltzin supo que no sólo *El Diablo* recibiría un *Juicio*, sino que él también por sus errores, los cuales lo llevaron a ser sellado en el Inframundo, para después volver a nacer en El Encanto. Durante esa experiencia hizo amistad con *Mictlantecuhtli*, quien lo ayudó a renacer.

Una estela de luz se dibujó en las aguas. Apareció el rostro de una mujer. Sin prisa, su cuerpo también se mostró. En su mano derecha portaba una *macuahuitl*, un arma hecha de madera con incrustaciones de filosa obsidiana. Con su mano izquierda jaló la cola de *Xochitónal*, quien iba boca arriba, desmayado y con los ojos abiertos.

—Saludos, *Caputzihi* —se dirigió a *Tlaltzin*—. ¿Aceptas tu *Juicio*?

—*Tonacacihuatl* —le habló *El Diablo* a la diosa que representaba *La Justicia*—, tú no me puedes detener, yo reino la oscuridad y El Encanto será mi paso para ir más allá de la franja de *Tlaltzintlan*. Los tres planos tienen que ser míos. El señor de esta advocación no puede volver —señaló a *Ehécatl*.

La diosa lucía un vestido de manta que a pesar de haber emergido de las aguas permanecía seco. Sus brazos estaban descubiertos. La falda caía más abajo de sus tobillos. Los bordes de esta tenían adornos con hilo de oro. Contaba con un tocado de plumas rojas y verdes. Su cabello negro caía hasta la frontera de su espalda.

Tlaltzin que ya estaba consciente del todo, habló:

—Yo soy *Caputzihi*, "el vuelto a nacer". Ahora sé quién soy y me confieso. Yo provoqué esto hace muchos años, cuando los Olmecas percibieron mi doble naturaleza. La oscuridad me ganó y expulsé lo mejor de mí. Mi luz. La serpiente que siempre se muerde. La que vuela con plumas de *Quetzal*. Yo fui *Tezcatlipoca*, mellizo y al mismo tiempo un mismo ser con *Quetzalcóatl*, mi hermano, quien se marchó desterrado por mí a través del mar de lo que hoy llaman *Coatzacoalcos*, elevándose hasta el lucero del alba. Yo desaté el principio de esto que sucede.

»Ellos, con ayuda de una *cihuateopixque*, que hoy se le conoce como sacerdotisa o *La Papisa*, me encerraron para purificarme. La oscuridad se fue. Lo justo es dejar volver a mi hermano y que ocupe este cuerpo imperfecto. Merezco desaparecer.

—Ahora lo sabes —dijo la diosa *Tonacacihuatl*—. Tu confesión me hace ver que te queda el recuerdo y no la maldad. En este *Juicio* tu sentencia es que tu hermano regrese a ti, que no olvides nada y que vivas como humano hasta que vuelvas a merecer un lugar con los dioses. De ahora en adelante envejecerás como ellos.

Aylana lloró con lo que presenciaba. Abrazó a *Tlaltzin*. Se sintió disminuida. Temía que su amigo no volviera a ser el mismo.

—Yo te quiero, para mí siempre serás *Tlaltzin*, mi amigo —le dijo.

—Yo odiaba ese nombre porque me recordaba al pueblo que me exilió —dijo el niño con un tono que sonaba al de un adulto—. Pero en tu voz me provoca dulzura, antigua esposa, mi querida *Xochiquétzal*. Sigue llamándome así, por favor.

Se abrazaron. Los ojos de los dioses parecían impasibles ante la escena.

—*El Juicio* ha finalizado —dijo *Tonacacihuatl* dirigiéndose a los niños.

Tlaltzin trató de decir algo y su lengua se trabó.

—Tus palabras son reconciliación —dijo la diosa a *Tlaltzin*—. Aylana representa el viejo mundo, donde alguna vez existió *Tlaltzintlan*. Ella, como reencarnación de *Xochiquétzal*, es el puente que une lo antiguo con lo que llaman "realidad", allá donde *La Papisa* está por terminar su tirada de cartas.

27

—Esta gran noche finaliza—dijo *El Colgado*—. Ya es hora de que tomes las últimas cartas.

—Mi hija, Aylana es *El Mundo,* sin embargo, esa carta no ha aparecido. ¿Con ella finalizaremos esta gran tirada? ¿Detendremos la maldad debajo de estas lomas?

Permaneció callada esperando a que le respondieran. En su corazón sabía que ellos no contaban con la respuesta, así que trató de ser más precisa.

—Quedan siete arcanos, ¿será necesario sacarlos a todos? —se dirigió al *Ermitaño.*

—No, si saca las cartas correctas —*El Ermitaño* le corroboró lo que Airis sospechaba.

Con los arcanos menores interpretó por años acontecimientos para otros. Ahora, con los mayores, trazaba una vía para sus niños. A los dos los amaba y estaba dispuesta a no desviar de nuevo el camino que parecía ir hacia la luz.

Felipe la volvió a subir al árbol. *El Ermitaño* desde abajo trataba de iluminar las lejanas ramas. Airis contó los zapotes que quedaban. Eran seis. Se extrañó. Sacó el Tarot y lo extendió. No se había equivocado, siete eran los ausentes. Revisó de nuevo en las ramas. Sólo seis frutas quedaban. ¿Dónde estaba la que faltaba? ¿En el suelo?

Le pidió al *Ermitaño* que buscara abajo. Él la vio fijo y le movió la cabeza diciendo que no, que ni tenía que mirar, no había ningún zapote en el suelo.

De repente escuchó el canto de un gavilán. Lo buscó en el cielo. Volaba cerca de ella en círculos. El ave la miraba como queriendo darle un mensaje. «Acaso…» Detuvo sus pensamientos. Sacó los Ases.

—Tú simbolizas la mente del *Mundo* —se dirigió al ave—. Es cierto, la carta de *El Mundo* no sólo se compone de una mujer en su centro con una guirnalda de hojas rodeándola, sino de cuatro seres en las esquinas —se dijo así misma—. Tú puedes ser un paso intermedio con lo espiritual, por eso estás aquí —le mostró el *As de Espadas* al gavilán, el cual se posó en una rama cercana.

El animal tomó la carta con el pico mientras Airis la sostenía. Las sombras se movieron para dar paso al atardecer. Sobre la rama del gavilán vio el séptimo zapote iluminado por un rayo de sol. Regresó a su "realidad".

—Este arcano sólo podía estar aquí, en la claridad —lo tomó y el ave voló con el *As de Espadas* en el pico—. Necesito que tu luz llegue al Inframundo. Que con ella los niños sean libres y que *El Juicio* acabe —dijo a la fruta mientras se estiraba para alcanzar al zapote.

Apenas terminó de arrancarlo y sintió que de ella emergía un fuego que la abrasaba sin quemarla. La fruta se abrió.

—Llega a ellos, por favor —gritó y ya no tuvo que regresar a las sombras. *El Sol* brillaba.

28

Xólotl sostenía a *El Diablo*. La diosa *Tonacacihuatl* alzó en lo alto su *macuahuitl* para dejarlo caer sin furia sobre *El Diablo*, el cual se retorcía ante su castigo.

Los niños tenían miedo de que se soltara y lastimara a los dioses que los ayudaban.

La Luna se hizo roja como la sangre. Se llenó de penumbra. Se movió en lo que para *Tlaltzin* y Aylana fueron segundos. Lo que quedó de luz lunar se perdió en las aguas negras de la laguna. La hora más oscura, la que precede a todo amanecer los dejó a ciegas.

La *macuahuitl* tocó la cabeza de *Tlazoltéotl*, *El Diablo*, y el resultado de su *Juicio* ya no pudo ser visto por ellos.

Un ser de piel roja, como si ardiera, apareció. Su penacho no estaba hecho de plumas, sino de lenguas de fuego que se movían como rayos apacibles. Todo el lugar se iluminó. Ya no estaban en el Inframundo, sino en El Encanto.

—Soy *Tonatiuh*. En la actualidad me conocen como *El Sol*. He venido a regresarles algo.

El dios tocó la cabeza de ambos niños y sus formas de animal desaparecieron, sólo que no eran los mismos. El tiempo había pasado. Casi tres años de la "realidad". Para ellos, apenas unas horas.

Aylana miró sus manos. Tocó sus orejas. Miró sus pies. Tocó su pecho desnudo. Sus primeras formas de mujer se despertaron. Tenía senos. Su cabello y piernas eran más largos.

Sin darle tiempo a reflexionar uno de los dioses le habló.

—Esto es tuyo —*Tonatiuh* le entregó la varita que *El Diablo* tuvo en sus manos.

La miró y sonrió. Entonces reparó en los cambios de *Tlaltzin*. Él ya no era un niño, sino un joven con un rostro relajado.

Ehécatl se acercó a *Tlaltzin* y puso una mano en su corazón.

—Yo, la advocación del que se desprendió de *Tezcatlipoca*, lo invoco, hoy que ha regresado el equilibrio. *Quetzalcóatl*, desciende hasta aquí —dicho esto hizo sonar su caracol.

El sonido de un ave gigante retumbó en todos los cielos. Al pie de ese *Sol* que iluminaba El Encanto, se pudo vislumbrar una estrella, el lucero de la mañana.

La gigantesca serpiente terminó de descender y tomó una forma humana muy parecida a *Ehécatl*. *Xólotl* se acercó y sujetó a *Tezcatlipoca* y a *Quetzalcóatl* con sus manos.

—Yo, *Xólotl*, dios del ocaso, de los espíritus, del Venus vespertino, dios de los gemelos, él que comprende a los seres duales; los uno de nuevo para este comienzo, en el que vivirán en un mismo cuerpo, serán un sólo humano durante el parpadeo de una vida, hasta que vuelva a ser necesaria su presencia como dioses.

—*Mayumochiua*[11], así sea —dijo el joven con una voz dual—. He completado mi *Caputzihi*. He terminado de nacer. Ahora dejaré de tener tantos nombres, los abandono todos para ser simplemente: *Tlaltzin*.

Aylana observaba conmovida, cuando detrás de *Tlaltzin* la sombra de una calavera se levantó.

29

El ocaso se acercaba a cada instante. Airis no sabía si seguía en El Encanto o en su propio mundo. Miró sus manos. Había envejecido. Algo entre las ramas casi la hizo caer. Dio un grito que resonó como eco en todo el valle de lo que fue *Tlaltzintlan*.

Felipe, su tío político, *El Colgado*, estaba frente a ella. Respiró con alivio.

—Tío, tú no envejeciste como yo.

—No, porque yo ya no estoy vivo. Ni él tampoco —señaló al *Ermitaño*—. Toma, necesitarán este arcano como pase para salir del Encanto —le entregó un zapote.

Airis tomó la fruta y la abrió. *El Carro* apareció. Miró la carta un par de segundos. La unió a su mazo. Vio al gavilán que aleteaba en lo alto con el *As de Espadas* aún en su pico. Supo que tenía que hacer algo más.

Dejó caer el *As de Bastos*. El gato montés lo tomó entre sus garras. Lanzó el *As de Oros* a la vaca, el cual pisó con su pesuña. Ellos eran parte de los cuatro seres de *El Mundo* y cada uno representa un palo de los arcanos menores. El *As de Copas* lo tenía que mandar al cuarto ser, y así terminar de trazar la ruta. Lo metió en el zapote donde estuvo *El Carro* y cerró ambas mitades. La fruta se selló intacta.

30

—Amigo, tu redención me ha ayudado a recuperar el Inframundo —dijo *Mictlantecuhtli* a *Tlaltzin*.

El joven se dio la vuelta y vio a un ser de seis metros, con cuerpo de huesos. Lo acelerado de su corazón se calmó al reconocer las cuencas vacías de ese dios. Recordó su anterior paso por el *Mictlán* y las conversaciones que llegaron a tener.

—Gracias amigo por ayudarme en mi paso, perdóname por el desequilibrio que causé con mi salida prematura.

—Ya te habías hecho inocente, no tenías idea.

—¿Has venido a matarnos? —intervino Aylana.

—No, niña. Yo no sólo soy la muerte, también soy la transformación y el olvido. Estoy aquí para hacerlos olvidar. Ningún humano puede salir con recuerdos del Inframundo, y ustedes no regresarán como dioses, sino como humanos, aunque su presencia divina vivirá siempre dentro de ustedes.

Aylana ya no dijo nada. No supo qué responder. La mano de *Tlaltzin* apretaba la suya y con eso le bastaba. Ya quería irse.

—Es hora —dijo *Xólotl*.

Mictlantecuhtli formó con sus huesos una especie de trineo. *Xólotl* se dividió en dos perros gigantes. Representaban *El Carro*.

—Partamos —hablaron las dos mitades de *Xólotl*—. Suban. Aylana, con tu barita abre las puertas. En mí ya está mi pase para acompañarlos hasta su mundo.

Un *As de Copas* estaba prendido a la oreja del perro de la derecha.

Cuando Airis regresó por completo al mundo humano, luego de sacar *El Sol*, habían pasado tres años. Felipe, *El Colgado*, retornó al Encanto con Siria. *El Ermitaño* volvió a su rutina de siempre, a vigilar las lomas desde su casa. Ninguno le supo precisar a la gitana cuándo regresarían los niños o si lo harían. Trató de seguir con su vida.

La gente de El Mesón y de los alrededores creía que ella había abandonado el pueblo. En cierta forma así fue. Luego de tres años surgieron muchas leyendas a su alrededor: que la loma se la tragó, que ofreció a su hija en sacrificio, que los antiguos Olmecas le reclamaron su lugar, que de seguro entró a la cueva de la segunda loma, descendiendo al infierno sin poder salir.

En parte no se equivocaban. Pero ella no les contaba, por mucho que le dijeran indirectas para sacarle la verdad. Les mentía diciéndoles que alcanzó a un grupo de Húngaros en la región de los Tuxtlas y que Aylana se quedó con ellos. Pronunciar el nombre de su hija le ocasionaba llanto, por lo que con las lágrimas vivas ya nadie se atrevía a seguir cuestionándola.

120   Siguió con la lectura de cartas. Era su medio de subsistencia, aunque le dolía, porque le recordaba a sus niños, los que nunca regresaron a pesar de sus esfuerzos. «¿Qué hice mal?», pensaba al barajarlas.

Inútilmente trató de desprender los cinco zapotes que quedaron en el árbol. Toda su sabiduría de *La Papisa* no le servía para reparar su corazón vacío.

El primer 31 de octubre, luego de lo acontecido, contempló al árbol de zapote domingo todo el día, esperaba ver a los niños. No sucedió.

Bajaba a platicar con *El Ermitaño* y él sólo decía:

—Paciencia, El Encanto, así como su nombre, puede encantar a las personas. Quienes se pierden ahí no sienten el tiempo. Los que estamos afuera seguimos, mientras que pa ellos pueden ser apenas unos parpadeos.

El llanto de cada noche de Airis hizo nacer una ramita en su vieja mesa de madera. Y de ella surgió una flor blanca.

La cortó y fue al árbol una mañana. La dejó sobre las raíces y un zapote cayó. Sonrió entre llanto. Levantó la fruta con temblor en las manos. Llevaba tantos días viviendo por vivir que había olvidado que de nuevo era 31 de octubre. Partió la fruta. Apareció *El Enamorado*. Ahí recordó la fecha. Vio a su alrededor. Algo la hizo correr hacia su casa. Observó desde ahí al árbol. La vaca se echó a la izquierda de ella. El gato montés que ya rara vez aparecía por ahí salió de detrás del tronco y se sentó a la altura de la vaca, por la derecha de Airis. En lo alto un gavilán cantaba. Los *Ases* que le entregó a esos animales habían desaparecido el día que se los dio.

Al lado izquierdo de Airis, a la altura de donde volaba el gavilán, por sobre la vaca, el cielo se rasgó. Una forma humana con alas apareció. Los cuatros seres enmarcaban al árbol de zapote domingo. Del tronco salió una mujer desnuda, con una varita en la mano izquierda y una fruta de zapote domingo en la derecha. «¿Quién es ella?», se preguntó Airis.

Como si flotara, *El Mundo* caminaba sobre el pasto sin perturbarlo. Llegó frente a Airis y la abrazó.

—Mamá, volví, perdón por irme —la fruta en su mano se partió y con genuina sorpresa vio la carta desenrollarse.

Se separó de Airis, quien se sentía paralizada sin poder decir algo.

—¡Mamá, mira, debe ser uno de los arcanos mayores que buscábamos! ¡*El Mundo*!

La tensión de Airis se fue y aflojó tanto su cuerpo que se dejó caer y se llevó a su hija con ella.

Aylana se la quitó de encima y trató de reanimarla. Airis abrió los ojos al sentir que sacudían su cuerpo. Su hija acomodó su cabeza sobre sus piernas. La gitana miraba el rostro de la joven a contraluz. Trató de adivinar dónde había quedado la inocencia que tuvo y ese cuerpo tan delgado que ahora tenía caderas y senos. Por más que quiso pedirle una explicación a su hija, no pudo. *La Papisa* que seguía en su interior le decía que así tenía que ser.

—¿También te puedo decir mamá? —la voz grave de un joven las interrumpió. Al igual que Aylana, iba desnudo. Las ayudó a ponerse de pie.

—¿*Tlaltzin*? —preguntó luego de observarlo por varios minutos. Los gestos toscos del niño se habían suavizado, lucía una barba, donde a pesar de su cabello negro, se asomaban algunos vellos con tonalidad rubia.

—Soy yo...

—¡Hijo! Tú también volviste.

—El viaje del *Loco* ha terminado... No sé qué significa. Un ángel me dijo esas palabras... ¿mamá? —dijo *Tlaltzin* con dudas.

—Sí, puedes decirme mamá.

Los tres se abrazaron. Los jóvenes no tenían recuerdos, apenas algunas imágenes vagas de un lugar similar a la Tierra, donde los colores parecían más vivos y reales, donde no sentían cansancio ni ganas de comer, donde el tiempo era diferente. Lo recorrieron en un carro de huesos, jalado por dos perros *xoloitzcuintles*. Subieron una loma grande y en su cima vieron un árbol gigantesco. Los perros no se detuvieron. Creyeron que morirían con el impacto. A un par de metros del tronco, los animales se fusionaron y volaron para convertirse en un ángel. Chocaron y el carro de huesos se desbarató. Los jóvenes atravesaron el árbol. Es ahí que en su mente *Tlaltzin* escuchó el mensaje del ángel.

—El viaje del *Loco* ha terminado, hijos, y ustedes están enamorados —les dijo Airis.

Los jóvenes se vieron a los ojos con sorpresa. Tenían muchas preguntas, como ¿por qué habían dejado de ser unos niños? Airis les dijo que trataría de explicarles y los llevó a la casa para que descansaran.

El Ermitaño no se encontraba en su mecedora, tampoco dentro de su casa. Sólo permanecía el quinqué que tanto ayudó cuando las sombras del Inframundo y del Encanto cubrieron sus existencias. Su flama no se consumía. El petróleo con que se alimentaba no aminoraba. Bajo este estaban unos papeles. En ellos decía que les heredaba la casa y todas las tierras que iban de La Loma Grande hasta donde alcanzaba la vista. Entre estos estaban los títulos de propiedad.

Con nostalgia, más que con tristeza, volvieron a subir a La Loma Grande. Por la ventana de la casa vislumbraron una figura humana. Corrieron. Aylana se detuvo al ver algo en el suelo, mientras Airis y *Tlaltzin* continuaron.

El hombre vestido de negro no parecía un ladrón.

—¿Quién es usted? —preguntó Airis con desconfianza.

—Perdone, creí que el lugar estaba abandonado.

—¿Qué hace aquí? Nadie sube a esta loma, le tienen miedo. ¿A caso usted no? ¿Viene a condenarnos? —dijo al deducir su identidad por las ropas y símbolos que portaba en un anillo y en un dije.

—No, no. Yo soy un seminarista y tuve un sueño, donde recogía tres zapotes domingos y casaba a dos jóvenes que se convertirían en un *Emperador* y en una *Emperatriz*. Los mismos zapotes domingo que encontré botados al pie de su gran árbol cuando subí y que están aquí en su mesa.

Airis reparó en la fruta. Tomó dos de los zapotes. Su corazón brincó dándole una señal. Le entregó uno a *Tlaltzin*. En ese momento Aylana entró y le dio a su mamá cuatro cartas.

—¿Qué hacen estas cartas lejos de tu Tarot, mamá?

Airis vio que eran los cuatro *Ases*, los cuales creyó absorbidos por los cuatro seres. Sacó su mazo de su bolsillo y puso ahí los Ases. Le entregó un zapote. Al tomarlo ambos se abrieron. Aylana tenía *La Emperatriz. Tlaltzin El Emperador*. Sólo una carta más faltaba para completar el Tarot de Airis.

—Creo saber a qué vino, señor cura.

—Me llamo Joel —le respondió el seminarista.

—¿Qué significa ese nombre? —*La Papisa* en ella le llevó a preguntarle.

—Fiel seguidor de Dios —ella lo miró a los ojos tratando de descifrar los muchos misterios que pudo sentir en ellos.

—Tome este zapote.

124

Él no quiso cuestionarla. Al recibir la fruta esta se abrió. Sólo faltaba *El Papa* y fue la carta que se mostró al partirse el zapote.

—¿Por qué no se sorprende? ¿No quiere condenarnos por brujería? —preguntó Airis al ver al seminarista inmutable.

—He visto muchas cosas durante mi preparación. Así como necesitamos a los curas que condenan, también a los que aceptan, como yo. No repruebo, trato de hacerles ver a los que tienen dones, que pueden usarlos para servir. Estoy aquí para hablarles de *Deus in nobis*. Él está con nosotros, donde estemos. Aquí, en el Inframundo o en El Encanto.

Airis se sorprendió con las palabras del seminarista. Su Tarot estaba completo, ya no eran unas "cartas sin Dios", había recuperado todas las partes en un viaje simbólico.

En su corazón sentía que su tía Siria, sonreía. Sólo algo faltaba para terminar esa tirada de cartas que inició años atrás.

—Por favor señor cura, case a mis hijos, es su destino y el de usted hacer este rito, sólo así los arcanos de mi Tarot volverán a ser uno sólo.

—A eso vine, hoy serán esposos.

Así *Tlaltzin* y Aylana contrajeron matrimonio, ahí, junto al árbol de zapote domingo. Al momento de dar el sí, pasaron al Encanto, en donde los arcanos que los ayudaron también celebraron.

V

LE · PAPE

El viaje de Lucio

1

Mi mamá desapareció cuando iba a cumplir 7 años. Me quedé solito al cuidado de mis hermanos mayores: Gemito e Isidoro. No sé qué les diría a mis hermanos, pero a mí, junto con mi papá Felipe, me pidieron que no llorara, que algún día, ya de grande, podría ir a visitarlos, que Isidoro sabía dónde estarían ellos. Desobedecí. Lloré, lloré muchísimo. Yo quería demasiado a mi amá.

A veces escuchaba a mis hermanos hablar sobre ellos, muy quedito por las noches:

—Nos protegen del Encanto y de los chaneques, aunque dicen que algunos son sus amigos, otros odian a las personas y roban a los niños para convertirlos. Ellos mismos les han reprochado esas prácticas. No sé tú Isidoro, pero yo no me quedaré en este rancho mientras ellos se aparezcan, ¿qué tal si alguno desconoce "el pacto" y se llevan a Lucio?

Yo era Lucio.

¿Qué era un chaneque?

—No podría volver a ver a la cara a mi mamá si eso pasara —le contestó Isidoro—, pero ella me encargó este rancho, la escuchaste muy bien, una mujer de su sangre será quien ocupe su lugar algún día allá en la puerta de El Encanto.

—Pues si tengo hijas algún día, no será una de las mías. Yo me voy pa la propiedad de El Naranjal. Tú harías bien en abandonar el rancho encantado e irte a la propiedad de El Edén.

¿Qué era El Encanto?

Quise salir de la oscuridad y preguntarles, pero los conocía, no me dirían nada, así que me guardé mis dudas. Si esos chaneques eran amigos de mis papás, quizás a ellos les podría preguntar.

Tenía que encontrar a uno.

2

Al día siguiente, después de tomar un buen vaso con leche y azúcar, aproveché que mis hermanos se encontraban ocupados y corrí a la terracería. No sé por cuánto rato caminé.

Llegué al Edén y le pregunté a una señora si sabía dónde podía encontrar a los chaneques. La anciana se persignó y corrió. A los pocos pasos se cayó y fui a ayudarla. Ella empezó a gritar: «Me ataca un chaneque, auxilio, me empujó y me caí, ¡ayúdenme!» Una piedra me pegó por un costado. Me dolió mucho. Quería berrear, sólo que mi mamá ya no estaba y no me consolaría, no estaría mi apá pa darme una de sus hierbas pa curar. No tenía a nadie. Así que corrí y me metí a los cañales. Avancé cortándome los cachetes con las hojas, con piedras enterrándose en las suelas gastadas de mis huarachos.

No sé por cuánto tiempo corrí. La tarde llegó y el sol se puso rojo. Tenía hambre. Lloré en silencio tirado en la hierba, ya fuera del cañal. De pronto cayeron bolitas del cielo. No parecían piedras, no sonaban como estas. Eran de color amarillo y chiquitas. Recogí una. «Cómela, son nanches», dijo una voz, nomás que no vi a nadie. Olí una de las bolitas. Me acordé de que teníamos un árbol de esa fruta en el rancho. Así que me comí la primera y por poco me trago el huesito. Me llevé a la boca otro y otro. Quedé empachado. Me tiré bocarriba y un perrito negro con cafecito se me apareció y me lamió la cara. Me acompañó a dormir y pude sonreír.

3

Amanecí llamando a mi mamá. Recordé a mi apá cuando se levantaba y saludaba a todos, hasta la hierba, las plantas y los árboles. Me decía que si les ponía atención también escucharía sus voces. Lo intenté muchas veces y sólo conseguía oír a los últimos grillos cantores de la madrugada. Ni el rumor de la hierba con el viento percibía.

Me toqué las orejas y las estiré para ver si captaba los susurros de lo verde. A quien escuché fue al perro.

—Te llevo a tu casa.

El perrito no ladró. No movió la boca. Sólo tenía la lengua de fuera. Me miraba amistoso a los ojos.

Quise decirle algo. Correr. Espantarme. Y nomás lo vi callado un ratote. Le acaricié la cabeza y le dije que no. Que no regresaría hasta encontrar a los amigos de mi mamá o encontrarla a ella.

—Ella lucha para que el Inframundo no invada El Encanto, y que este último no destruya la Tierra. Lo hace por ti y por tus hermanos, por todos los habitantes del Mesón, por el planeta que nos encomendaron los Olmecas.

—No te entiendo y no quiero entenderte. ¡Perro malo!, déjame en paz —le dije al animal y corrí por toda la guardarraya de los cañales pa que no continuara diciéndome de cosas.

Él me siguió hasta que vi gente. Llegué al pueblo del Mesón.

Encontré un mercado y agarré una manzana. Una señora salió con un matamoscas y me pegó en la mano. La fruta cayó y yo iba a llorar, cuando el perro apareció de no sé dónde y le mordió la mano. Recogí la manzana y corrí hasta el río que se oía cerca. Bajé el barranquito y en la orilla lavé la fruta como me enseñó mi mamá y me la comí. Volví a llorar. El perro se fue a echar junto a mí sin decirme nada. Lo abracé y me quedé dormido.

4

Desperté y aún era de día. Había muchos nanches al pie de mí. Todavía tenía hambre y me los devoré, para luego llenarme con agua.

El perro no volvió a pedirme que regresara. Sólo me observaba.

Caminé por toda la orilla en espera de que se me bajara la panza. No me podía meter lleno al agua, mi apá decía que me podía dar un retortijón y ahogarme. Cuando me sentí ligero me aventé un clavado. Mi apá me enseñó desde chiquito a nadar en el arroyo, nomás que el río frente a mí era gigante. Me dejé llevar por el caudal. No supe adónde iba a parar. Pasé por debajo de un puente de hamaca. La corriente se volvió más fuerte y pude ver a lo lejos un remolino. Escuché a mi apá decir que esas cosas se tragaban hasta los mejores nadadores. Quise salir a la orilla. No pude. Me jalaba. Grité fuerte el nombre de mi amá y un bulto apareció en el agua. Un animal bigotón, de cara chata, negro y con cola gruesa mordió mi camisa. Nadó y dio un rodeo al remolino, como si este no le afectara.

Cuando estuvimos lejos me monté en el animalito. Debía ser un perrito de agua, mi papá me contó que vivían en el río Tecolapa de El Mesón, que quedaban pocos, pues los ignorantes los mataban porque según eran "malos".

El perrito me llevó a otro pueblo. Salí empapado y volteé para decirle adiós al animalito. Ya no estaba.

Me encontré a una señora fuera de una casa de madera, tan vieja como ella. Llevaba un gorro y no se le veía pelo por ningún lado. Alcé la mano pa saludar. Ella me sonrió y me pidió que me acercara.

—Qué bonito niño. ¿Qué te trae por aquí? ¿A poco vienes del río?

—Oiga, ¿cómo encuentro a los chaneques? —le respondí.

—Pues pueden estar en cualquier parte —me dijo arrugando la cara—. Tú podrías ser uno de ellos. Pero si en verdad quieres encontrar uno… bueno, a muchos, tienes que ir a La Piedra. Es una comunidad de El Paso de las Barrancas. Si te sigues el río te la toparás. Ahí hay un cerro. En su punta hay una piedra Olmeca, una piedra lisa con forma de cilindro, donde se hacían ofrendas. Se dice que ahí se reúnen, que los que pasan a caballo por las noches oyen sus risas y sus celebraciones —la señora movía sus manos pa todos lados para explicar y dibujar con estas lo que decía.

—Ah. Estoy cansado de estar metido en el agua —le dije volteando hacia el río, sin ganas de volver a él por ese día.

—Pues ven que te doy de comer. Hoy te duermes en mi casa.

Me agradó la idea de descansar y comer algo que no fueran nanches. Dije que sí y la amable señora me dio pollito y verduras, con un vaso grande de agua de limón. Luego de ello abrió un catre, me pasó una almohada y ahí me quedé bien dormido.

Amanecí amarrado. La viejita me dijo que no me preocupara, que me daría de desayunar, nomás que no iba a dejarme ir con los chaneques, que como mi piel era blanca, me podía vender a una familia rica de La Real Villa de Tuxtla, que me darían buena vida, que no me tomara a mal su actuar, que era una forma de salvarme.

Comencé a gritar y me metió un trapo a la boca.

—Si gritas no podré darte de comer, así que cálmate.

Alguien tocó a la puerta. Me echó una sábana encima y unas almohadas pa que no me distinguiera. Escuché el chirrido de la puerta. La vieja berreó. Clarito oí caer a dos bultos pesados. La señora estaba muy gorda. Volvió a chillar y luego distinguí un gruñido.

Empecé a moverme como loco. Sentí que se me salía el alma cuando algo jaló la sábana. Ese ser estaba sobre mí, entonces lamió mi rostro.

Era el perro. Mordió la cuerda y la cortó como si nada. Me levanté de un brinco en el catre y él me empujó hacia el lado contrario de donde quedó la vieja.

—Sal por la puerta de atrás. No quiero que veas a la señora, no vale la pena.

Lo obedecí y corrí hasta el río. Me tiré un clavado y el perrito de agua apareció de repente. Parecía que me esperaba.

Tenía hambre.

5

No sé por cuánto tiempo avanzamos a favor de la corriente. Quería comer, cosa que olvidé cuando a lo lejos distinguí un cerro. En la punta se veía la piedra que me dijo la señora.

El perrito parecía saber mi deseo y me acercó a la orilla. Corrí fuerte para subir el cerro. Me cansé a la mitad del camino. Si ahí había chaneques no daban señales de vida. Ni sabía cómo eran.

El perro llegó junto a mí. Siempre estuvo conmigo en mi viaje, tras de mí, pa cuidar a este niño loco.

—No tienes que terminar de llegar. Te puedo llevar al rancho con tus hermanos. Tu mamá y tu papá están allá en alguna parte, no tenías que venir tan lejos, pero a pesar de la cercanía, no puedes verlos. La protección que están dando para que lo malo no salga, se debilitaría y podrías morir. Nunca nos perdonarían y se rompería el pacto.

Acaricié la cabeza del buen perro. Le iba a hacer caso, cuando de pronto salió un coyote de la nada y lo atacó.

—Noooooo —grité—. Deja a mi perro.

Alguien se paró junto a mí. Era un niño.

—¿Te gustó andar por el río arriba de mí?

Me llevé una mano a la boca.

—¿Tú eras el perrito de agua?

—Sí, yo soy un chaneque, así como lo es el coyote y el perro que te protegió durante tu viaje. Él quiere cumplir un pacto que hicimos con los humanos. Yo detesto a los humanos, aunque a veces sean necesarios. La única forma de que vuelvas a ver a tu mamá en poco tiempo es convirtiéndote en un chaneque. Nosotros habitamos la Tierra y El Encanto, donde ella está junto con tu papá. Como chaneque nadie te impedirá entrar…

—¿De verdad? —le dije y salté de alegría.

—Sí, pero yo no puedo perderte o quitarte la voluntad para ello, porque traicionaría el pacto. En cambio, si tú te entregas por cuenta propia…

—Sí, sí, anda, dime qué hacer.

—Decir "Sí", y ya lo has hecho. Te llevaré conmigo.

Me tomó del brazo y me jaló un poquito. Aparecimos en la

cima del cerro. Me subió en un instante. Una enorme piedra estaba frente a mí.

—No trepes —me gritó una voz.

Era mi perrito, el cual se dirigía hacia mí. Se convirtió de a poco en un niño muy parecido a mí.

—Tus papás me pidieron cuidarte hasta que tuvieras edad para acercarte a la puerta que ellos resguardan. No aceptes lo que te ofrecen. Yo también soy un chaneque, soy tu amigo y amigo de tus padres. Ellos no quieren que seas uno de los nuestros.

—No se trata de lo que ellos quieren, él ya tomó su decisión —dijo el otro chaneque.

Yo no sabía qué hacer. Me miró y continúo hablando.

—Si te quedas como humano pasarán años para que los veas, si es que sobreviven a lo que está ocurriendo ahora, con el Inframundo contaminado por El Señor Oscuro. Como chaneque no sentirás el tiempo, ni cansancio, ni tendrás hambre y podrás acercarte a las puertas de El Encanto sin problemas. Sube a la piedra por tu propia voluntad y únetenos.

—Perdóname, perrito. Gracias —le dije a mi amigo y me trepé.

Me quedé como ido. Me sentí mareado. Escuché a pájaros cantarme al oído. Estaba cubierto de tierra, de plantas. Oí murmullos en las noches. A veces un ladrido que me decía «No olvides quién eres»… Y no lo olvidé…

6

Nací con una nueva mañana.

Supe que por medio de esa piedra podía meterme al Encanto. Así que lo hice. Recorrí senderos parecidos a los que tomé cuando fui un niño de 7 años. Llegué a un círculo de piedras. Vi a dos almas. Brillaban mucho, como pilares recién pulidos.

Me dirigí primero a ella. La abracé.

—Mamá, ya estoy contigo. Ya podré estar siempre contigo.

Ella se separó de mí y me miró con terror. Mi apá se llevó una mano a la boca.

Vi a mi perro, el perrito que me acompañó en mi viaje del Loco.

Le dijo algo a mis padres. Nunca los vi tan enojados. Me miraron como si yo apestara y amenazaron con irse de ahí, que el pacto se había roto, que cumplieron con proteger a la Tierra del despertar maligno de deidades prehispánicas, que su familia nunca más volvería involucrarse.

Empecé a llorar con muina. Yo me convertí en chaneque pa estar con ellos por siempre. No les rogaría. Nunca se irían. Ella sería sólo mía.

Tomé una de las piedras del círculo y se la aventé a Siria para atraparla. Sin darle tiempo a reaccionar, hice lo mismo con Felipe.

Coloqué las piedras en su lugar.

El perrito temblaba.

Volvió a su forma de chaneque.

—Por eso los humanos nos abandonaron y empezaron a atacarnos desde hace años, porque a veces somos impredecibles, dirían ellos: ni buenos ni malos. Y tú que aún tienes recuerdos de humanos, por entregarte voluntariamente, actuaste como uno de ellos, con egoísmo. No mereces el sacrificio que ellos hicieron por ti. No mereces a unos padres como ellos.

Lo miré desconcertado.

—No sé a qué te refieres, ¿qué significa "padres"?

No me respondió.

No entendí su reproche. Yo sólo cumplí con mi obligación como chaneque: hacer respetar el pacto que hace años esos humanos hicieron con mi especie.

Resguardaría la puerta para que ningún humano la profanara, para que no nos roben nuestros pilares. Nosotros no rompimos el pacto, ellos sí...

Niños perdidos VII, epílogo

Seguimos cuidando la puerta que atravesaron y que cerraron por su lado. Ya no sabemos si volverán, pero continuamos con nuestra misión: custodiar la Tierra, vigilar que la naturaleza no se acabe. Sólo que estamos perdiendo. Los hombres siguen con su destrucción y ya no tenemos el mismo poder que antes. Hasta nuestro amigo el río se ha secado. Los árboles han caído. El pasto ha perdido lo verde. El venado, el armadillo, el tucán y el quetzal los hemos tenido que esconder en El Encanto, el lugar entre la Tierra y las estrellas de los Olmecas. Nos sentimos como "Niños perdidos", así como nos han llamado los humanos, refugiándonos tras la puerta para no ser destruidos.

Ya no andamos los caminos, somos parte del olvido.

Agradecimientos

Gracias a Pío Domingo Rosales por siempre leer mis cuentos, maestro, ya estás más allá de El Encanto. A Vanessa Sam por siempre soportar mis preguntas acerca de mis historias, así como mis frustraciones. A Karen Jocelyn por su lectura de El viaje del Loco, así como a Efren Velázquez. También a Carol Monserrat por compartir el cuento Hijos de la Tierra con sus alumnos. A Felipe Huerta por invitarme a publicar la primera versión de Niños perdidos en la revista El Espejo Humeante, y a Luis Felipe Lomelí, ya que en su taller de microcuento nacieron estas breves historias enlazadas.

Gracias al cronista Rolando Rojas por hablarme de los vestigios Olmecas de su pueblo, los cuales componen toda una región, de la cual mi pueblo es parte.

Gracias al brujo de Catemaco Pedro Gueixpal por hablarme de El Encanto, en donde quizás ahora habita su alma.

Gracias a las historias que escuché a mi familia y a otras personas que habitamos en ese pueblo que alguna vez se llamó El Mesón.

Gracias a Gustavo Pastrana por iniciarme en el Tarot, así como a Pío, Esteban Pérez, Alejandro Jodorowsky y a muchos otros eslabones que conformaron mi aprendizaje de estos arquetipos.

Gracias a Hada de los Libros por su apoyo a mis obras, a Ale de la Torre, Cecy Luna Poe, Milena, Laura y Miriam García. Chicas, ustedes me hacen creer en mí. Gracias.

Gracias a los Booktokers que se han acercado a mis libros y los han reseñado.

Gracias a *Deus in nobis*.

Gracias a ti por leerme.

Biografía Alejandra Inclán

Alejandra Inclán nació en Veracruz, Veracruz, México, en 1977. Es licenciada en Ciencias de la Comunicación por la Universidad Veracruzana (UV) y Especialista en Promoción de la Lectura, también por la UV. Tiene diplomados en Literatura mexicana en lenguas indígenas, por el Instituto Nacional de Bellas Artes y Literatura (INBAL); en Ciencia ficción latinoamericana, por la Cátedra Carlos Fuentes de la UNAM; y en Mediación de lectura por el Fondo de Cultura Económica (FCE). En el 2022 ganó el premio "Arte, Ciencia, Luz" de la UV, esto por su reporte de investigación de especialidad, titulado Leer, imaginar y escribir en Paso Santiago: Un taller de lectoescritura en una escuela rural multigrado.

Ha colaborado para la revista Mexicanísimo, con artículos y fotografías; asimismo con fotografías en los libros México es…, Vive México y Nuestras voces mexicanas, todos de la editorial Paralelo 21.

Incursionando en los microrrelatos ha participado en los libros Microfantasías (2015), Microterrores II (2015), Microrrelatos Libripedia (2016), Pluma, tinta y papel VII (2018), de la editorial Diversidad Literaria, de España.

En 2016 publica su primer libro de relatos-novela corta No era quien me dijeron ser, con la editorial Bellaterra, de Barcelona, España. La pieza que me faltaba es su primera novela, publicada en el 2018 bajo el sello de Amazon. En agosto de 2019 publica Sentirte de a poco: El erotismo de las cosas, por Amazon, un libro de poemas en prosa, microcuentos, reflexiones y cuentos. En 2022 pública el libro de cuentos de ciencia ficción Un tiempo mejor, también por Amazon.

En el 2021 gana un lugar en la antología digital de microficciones LGBTTI+ Diversidad(es). Ha participado con cuentos en diversas revistas literarias digitales, como Anapoyesis, El Espejo Humeante y Teoría Ómicron.

En 2023 publica la novela El rancho encantado, por Amazon, una historia fantástica, con tintes costumbrista de la ruralidad veracruzana, así como realismo mágico.

Es creadora de contenido en Tik Tok como Lectoker y Booktoker. En Spotify tiene un podcast donde realiza interpretaciones de poemas, llamado Decidora de poemas y otros textos.

Sus redes sociales son:

Facebook: Alejandra Inclán

Twitter: @VeroAleIC

Tik Tok: @alejandrainclanc

Blog: https://alejandrainclan.wordpress.com/

Spotify: Decidora de poemas y otros textos

Otras obras de la serie *El Encanto*

El rancho encantado

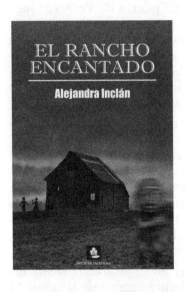

Cristina y Peter crecen en un sitio que guarda muchos secretos. Luego de una muerte en la familia, algo se despierta en Cris, llamando la atención de unos pequeños seres que viven cerca de su rancho. Con engaños es llevada a un rito de iniciación para ser convertida en una más de Los hijos de la Tierra. Su única esperanza es el espíritu que la cuida y su hermano Peter, quien tiene que seguir las señales para encontrarla. Todo tiene un costo y ese día vuelven a perder a su ser más querido, sin tener idea si trascendió o si decidió no volver a aparecer ante ellos.

La que debía ser una infancia feliz e inocente se tradujo en experiencias duras, como el alcoholismo, el acecho de nahuales, almas en pena, la muerte y el abandono.

Con los años irán entendiendo "las cosas raras" que les ocurren, así como su herencia espiritual, descubriendo las misiones que les destinaron por alguien a quien no conocieron y por la cofradía secreta con la que tuvieron contacto por medio de un sacerdote.

A veces el enemigo está en la familia, tan cerca, aunque imperceptible.

La bruja del tiempo (Bailando en el pasado)

LA BRUJA DEL TIEMPO
(BAILANDO EN EL PASADO)

ALEJANDRA INCLÁN

Marucha viaja espontáneamente al pasado al cruzar una calle. Ella baila jarocho en los portales del puerto de Veracruz junto con un grupo de jaraneros. La noche se le convierte en día y se encuentra en un zócalo de un Veracruz antiguo. Algo pasa en su visión, es como si viera un halo sepia sobre los colores.

En los portales hay una celebración histórica. Por su traje de jarocha creen que está con el grupo de jaraneros que va a actuar y baila con ellos. Un joven flaco queda maravillado con ella y la invita a verle tocar el piano en el bar del Hotel. Marucha acepta sin saber qué más hacer.

Después de pasar la noche con el joven, Marucha siente un llamado interno y busca el punto donde cambió de tiempo. Al cruzar la calle, retorna. Es como si nunca hubiera partido. Desorientada, vuelve a los portales. Escucha a un trío interpretar una canción que tiene su nombre, la primera canción que compuso Agustín Lara: Marucha. La letra fue escrita hace 100 años.

Marucha empieza a recordar eventos extraños que le pasaron en su niñez y adolescencia, cuando vivía en Tlacotalpan, concluyendo que no era la primera ocasión en que viajaba de manera espontánea.

En su búsqueda de respuestas vuelve a ver a Agustín y conoce a otros personajes muy singulares, interviniendo en sucesos históricos, pero también permaneciendo perdida en el tiempo en varias ocasiones.

La familia de Marucha guarda muchos secretos, de los que se va enterando en sus viajes y encuentros con personas de Tlacotalpan y del pueblo El Mesón.

Dentro de sí hay algo que es más que un don, ella lleva El Encanto.

(Lanzamiento en el 2025)

Notas

[1] Pequeños seres prehispánicos, de naturaleza espiritual, quienes son los encargados de cuidar la naturaleza, para lo cual pueden tomar forma de animales, hacerse pasar por niños o volverse invisibles y asustar a quienes perturban los sitios que cuidan. Roban a niños para quitarles su tonalli, el cual es una especie de fuerza que determina su destino, la cual, al ser arrebatada, les quita su humanidad, convirtiéndolos en chaneques.

[2] Persona que tiene la capacidad de convertirse en un animal, esto sin perder su humanidad mental. Generalmente se convierten en caninos, pero también pueden convertirse en aves y hasta animales grandes como toros.

[3] Voz náhuatl que significa "corazón del monte". Se divide en dos: "tepetl", monte, montaña, cerro; y "yollotl", corazón. En culturas prehispánicas es el dios de las montañas, de los ecos y de los temblores, también el patrono de los jaguares.

[4] Encanto, encantamiento.

[5] Término que alude al pago por jornada en el campo u otro trabajo. Parte de las denominadas "tiendas de raya", las cuales se instalaban en las haciendas de trabajo, esto para que el patrón recuperara la mayor parte del sueldo entregado a los jornaleros. En muchas de estas haciendas se pagaba con vales que sólo era posible cambiarlos en las tiendas de los patrones.

[6] Sacerdote.

[7] Sacerdotisa.

[8] Raza de perro nativa de México, siendo un animal sagrado en las culturas prehispánicas, al ser considerado un guía hacia el Mictlán, el Inframundo Azteca y de otras culturas. Se le relaciona con Xólotl, el dios mexica de los espíritus y los gemelos.

[9] Diosa de la belleza, las flores, el amor, el placer amoroso y las artes. Está relacionada con la fertilidad, la naturaleza y la belleza.

[10] Instrumento de viento prehispánico (tipo flauta), construido de barro o de hueso, cuya escala musical era pentatónica.

[11] Así sea, equivalente al "amén" cristiano.

Índice

Made in the USA
Las Vegas, NV
10 July 2024